夢の如し

露水的世

新版《如梦记》

〔日〕文泉子／小林一茶——著

周作人——译

天津出版传媒集团
百花文艺出版社

目录

夢の如し

夢の如し

第一章

我也来试写一下子小时候的事情吧。那是我极幼小的时代的事了。

自己本来是乡下人，生在日本海海岸的一个渔村里。可是，并不是渔夫之子，也不是农夫之子。假如在从前，也还是武士的子弟。维新之后，我们一家没有住在城内之必要了，便移住到这渔村里来。

我的社庙神乃是本村的八幡老爷。我在这村里生长，一直到了三四岁，但是明确地记得的事情一件都没有。不过回溯至今日为止这

故乡啊，触着碰着
都是荆棘的花。
——小林一茶

三十几年来很长的岁月的川流，到了源头去，在那里总有什么像梦似的，可是某一点上却又极明了的，一点儿记忆留存着。

我现在便想把记忆就照那么样地写下来，但是所留存的只是比梦还不得要领，或可说是只有幻影似的一种感觉，所以这里边事件是什么都没有的。

我们家的后边是小竹林，板廊的前面即是田地。隔着砂山，后方是海。澎湃的波浪的声音，不断地听到。无论道路，无论田地，全都是沙，穿了木屐走起来也全没有声响。不管经过多少年，木屐的齿不会磨减。建造房屋的时候，只在沙上泼去五六担的水，沙便坚固地凝结，变得比岩石还要硬。在这上边放下台基石，那就成了。

这自然是长大了以后听来的话，但是我们的家是沙地中间的独家，这事却至今还好好的记忆着。家是用稻草盖的。在田地里有梅树，总有两三株。竹林里有螃蟹。泽蟹很多，像是乱撒着小石子一般。人走过去，它们便出惊，沙沙地躲到枯竹叶底下去的声音几乎比竹林的风雨声还要厉害。不但是竹林子里，在厨房的地板上到处爬，也在天花板上头行走。

夜里睡静了之后，往往惊醒，在纸隔扇外边，可不是有小偷的脚步声吗，这样的事也不止有过一两次，这是后来从母亲那里听来的话。

有一回，忽然醒来。独自一个人安睡在暖火笼的旁边。看时，母亲也不在，父亲也不在，就是平常总在这屋里的祖父也不在。正像空屋一样，很是寂静，忽然觉得悲苦了，因为觉得悲苦了，所以用尽所有的气力哭了起来。

谁都不出来，现在想起来，这房间正是四张半席子大小，睡觉的右边的纸门有点阴暗，已经熏旧，即将成红青色了。头的左近有个黑亮的带着竖门的衣柜，柜上安放着一个很大的佛坛。吊着的黄铜灯盏的“肚脐”闪闪地发着光。

我哭着，哭得几乎哭不出声了，在后面房间的廊下有点声响，仿佛是有谁来了的模样。略微停住哭声，侧着耳朵听着。慌慌张张地拉开纸隔扇走进来的，以为是母亲，原来却是祖父。大概是正在田地里吧，他一只手里拿着一把柴刀。说什么母亲刚才在解手，略等一等吧，等会儿来哄我。可是因为来的不是母亲，很是不平，我又大声地哭了。

祖父的面貌至今还好好地记得。是高鼻梁，长面庞，左颊上有一处凹进去，仿佛是用手指戳过的样子。据说有一回牙齿大痛，所以留下了这样的凹处。

那时祖父站在我的头前，拉开佛坛的抽斗，在寻找什么东西。我一面哭着，撑起眼睛来看，祖父的后面拖着一条狐狸尾巴。祖父每年从冬天到春天，总穿着狐皮的背心。坐在被炉前面烤火的时候，这条尾巴总是横拖在席上，我轻轻地去从后边拉拔。于是祖父便说：

十字梅
八朔梅

“啊，好痛好痛，祖父的尾巴要拔掉了。”听这样说很是好玩，所以只要看见尾巴就走去拔，但是今天因为母亲不在，大为不平，当然并无起来去拔的意思。只是尽仰卧着，更举起大声来哭。

祖父从抽斗里取出来的乃是煎饼，这是称作马耳朵的一种大的饼干。把一头捏一下，做成漏斗似的形状，背脊上卷着三个旋涡。这种煎饼是用在有法事的时候，同馒头一起发给人的食物，为什么会在这时候放在佛坛的抽斗里呢，这个缘故至今还不懂得。

总之，我拿到这个，觉得非常高兴。但是煎饼好吃这一件事，也总不能作为看见母亲的面之替代。因此且吃煎饼，且仍大哭。假如母亲因了某种事情，到了晚上，到了早上，经过一年，经过两年，也总是这样的不回家来，那怎么办呢？

于是祖父总是从佛坛取出马耳朵来，慰藉着拼命哭着的我，那又怎么样呢？这样的例，世上尽是多有。身为祖父的人，这种无可奈何的难局是再也没有的吧。幸而现今不是如此，但我自己的悲哀却与如此情状别无所异。因为是无所异，所以一面吃马耳朵，还是哭着，末了，把马耳朵丢掉，单是哭了。

祖父现在也已别无办法，就在狐皮之上把我背着，说给带到母亲那里去，好好地止哭吧，便走出门外。母亲不在解手，那是不必说的了，看来今天家里的人全都外出，只祖父和我被留下了看家。

春风呵，虽然草长得深，
还是故乡呵！

——小林一茶

背上之后，哭是止住了，可是好像被灸后那样的哭呃却还不停止。出到外边，觉得甚为爽快。不单是有了被母亲抱的希望，海岸边明丽的春色也将我小小的胸中的不平给和缓下去了。

不久，哭呃也止了。田地的那边，高一点儿起来，从那里起便是沙山的松林。被背着在松树底下走路，使我高兴得几乎跳了起来。祖父大约并不怎么高兴，只是沉默着，在松树中间曲折着急速地前行。

有一日曾经被邻居阿幸带着，到这松林里来掘过蘑菇。掘蘑菇是很容易的事，只找仿佛会有的地方用耙去耙，便有像圆面筋似的东西滚滚地应手而出。

离开松树林，就是海岸了。这是无边无际的沙滩。防风草微微地露着一点儿红的茎，正在沙中萌长出来。碧绿的海可以看见。拗过来望后边，松林已隔得遥远，看去正如屏风上的图画。

祖父的脚迹从松林起，斜着一直线地连续着。不知道是谁的脚迹，也有三道蜿蜒地连续着。海岸的沙是桂黄色的。

凡是海边，一定有沙滩，凡是海滩，一定是桂黄色的，向来总是这么想。到别处来一看，有的完全没有沙滩，即使有了，沙的颜色也是浅黑的为多，这是长大了之后才知道的。

海面看去渐渐地宽广了。普通像这海岸的样子，从有人家处到水边有两町三町，有时候竟有七八町之远都是沙滩的，这种地方不经常

名亦未之聞也
考不敢
右
にしかうり

有。（案：日本六町约合中国一里。）有地方成为小山，长着稀疏的茅草。或者被风所刮，有地方像擂钵似的，成为大的洼地。

祖父仍旧不啧一声，走过沙的小山，渡过沙的谷，渐渐下降向水际走去。海广大得眼睛都望不到头了。微温的风从松树林那边吹来。颊上感觉到雨点打着了似的冷，那是因为停着的眼泪给风吹了的缘故。

日本海的波浪很大。海是在不断地作大浪，这个观念也是从这样的小时候起，就深深地印进心里去的。看见须摩之浦，以及品川的海，心想这样的什么海，大有轻蔑之意，这也全由于海之观念相异之故。绿色的水的一条看着渐渐地膨胀起来，波浪的肚皮变成微暗，向前崩溃着，嘈嘈地滚上来。澎湃地打上去的波浪，好似陆续融化的雪一样，斑驳地发泡，一时平坦地漂荡着。暂时漂荡着之后，忽然似乎想起的样子，急忙缩到正在卷来的波浪下去。退回去的水与等着的浪合作一起，比从前加倍猛烈地又打上来。水的烟像雾似的四起。有时回去的势头太大，声势汹汹拥向前来的波浪受了挫折，水面上反而意外地能保持平和的事，也常有之。像今天虽说是晴丽软风之日，这样的活动一瞬间都并未停止。

祖父沿着水际，急速向西走去。要走到哪里为止，也不知道。有时候，波浪的泡沫直爬到祖父的草屐边去。恰似老虎什么，肚皮贴地地爬着，要来咬祖父的脚的样子。祖父一点儿都不管，只是向着西走。路上谁也没有遇着。只有软风轻轻吹动祖父的鬓发，抚摸我的面颊而

过去罢了。

眼泪是早已干了。背上像是蒸着的暖。觉得很舒服，靠着皮衣微微睡去的时候，耳朵里听见什么人声了。张开眼来看时，好不高兴，原来的的确确是我的母亲。说什么是高兴，这样高兴的事情是平常不大有的。我也等不及祖父把我放下来，便伸出两只手，蹦了过去，给母亲抱着了。

祖父诉说："尽哭尽哭，窘极了。"把我交给了母亲，擦额上的汗。母亲卷起了衣裙，站在水里，头上宽缓地包着的白手巾，与丰艳的面颊相映，脸上绽着微笑，每说什么话的时候，染着铁浆的牙齿比漆还黑得鲜明地发光。

现在想起来，母亲在此时正是盛年。原来并不是像现在这样满脸皱纹的老太太。母亲的面貌到现今为止，也已经看熟了，可是像这时候的那么亲切的美丽的面容，却此外不大记得。

母亲是帮了邻居的阿幸等，到岛上来采裙带菜的。那巉岩的母岛隔着一段路在前面屹立着，可是走到母岛之间，有几十个子岛散在，近处都是浅滩。在这里波浪也并不大，给女人小孩做游乐场，是再好不过的地方。

我关于这天的事情其实是除了见了母亲的面高兴得差不多要跳起来了这一件以外，什么也都不记得。或者母亲抱着，含了奶吃奶了吧，或者是被哄着，在母亲的膝上睡着了，又或者由阿幸背着玩耍，都一

ヤグルマツヽジ
八重ツヽジ

点儿不记得了。

我望着祖父穿了皮衣，在水边走回去的背影，渐渐变小了，也未可知，但是当然这也不记得。不记得的事情没有法子来写。就只在这样茫漠的记忆之中，在春天的海边采着裙带菜，接我过去的母亲的脸，直至现在还在眼前历历如见，我深觉这是不可思议的事。

嚄，这是我终老的住家么？

——雪五尺！

——小林一茶

译者案

《如梦记》九篇，约四万言，文泉子著，明治四十二年己酉东京民友社刊，菊半截一册，红洋布面，定价金三十五钱。

文泉子本名坂本四方太，明治六年生，三十二年东京帝国大学文科出身，追随正冈子规，为新派有名俳人之一，又与子规提倡写生文，多所写作，单行本有《写生文集》、《帆立贝》、《如梦记》等，大正六年丁巳卒，年四十五岁。

我于前清光绪丙午年到东京，其时子规已卒，杂志《保登登岐须》由高滨虚子编辑，俳句写生文正大发达，书架上现存一册九卷七号，夏目漱石的小说《哥儿》

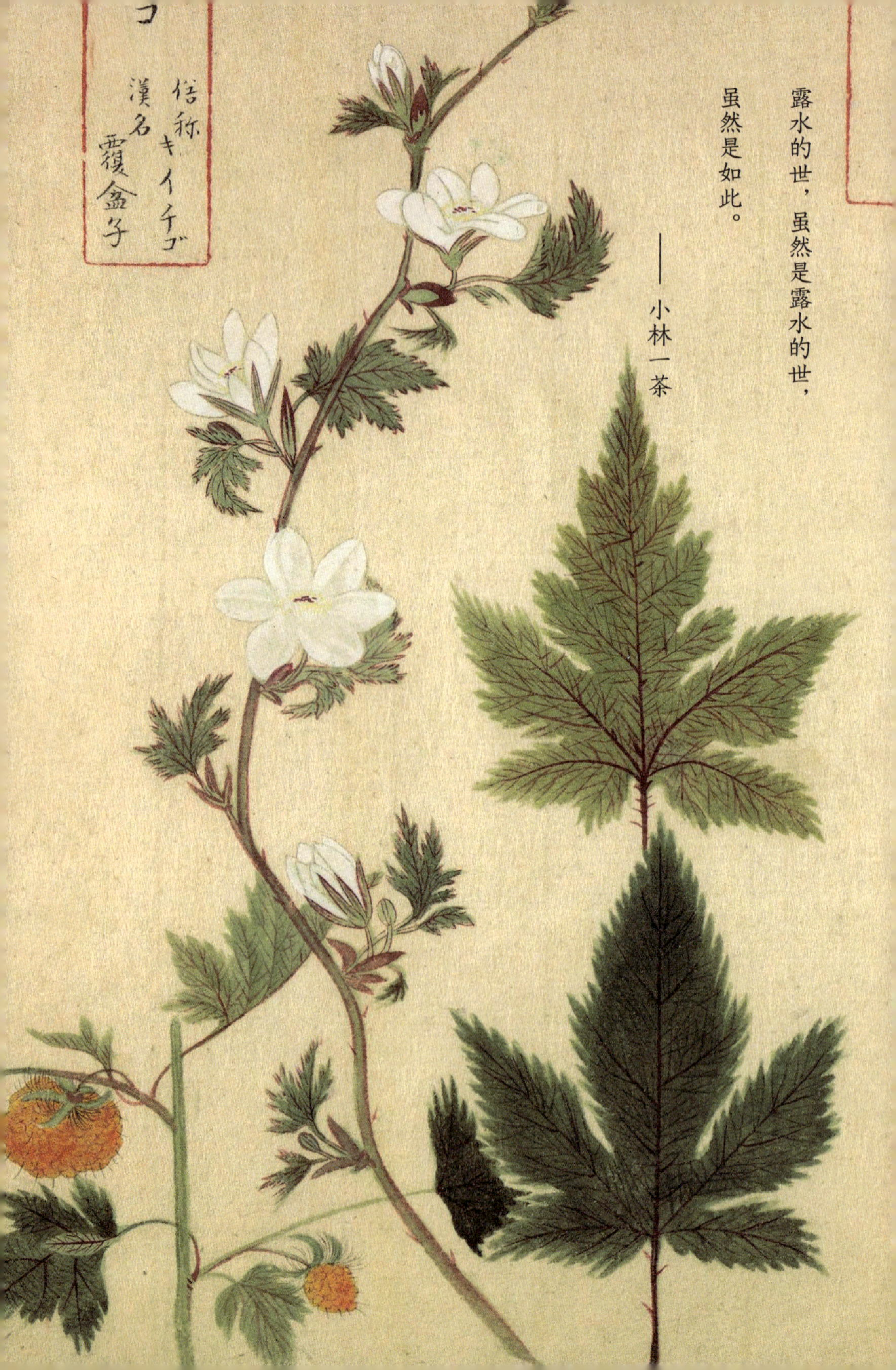

露水的世，虽然是露水的世，
虽然是如此。

——小林一茶

就发表在这册里边，《我是猫》的第十回也载在卷首，可以想见当时的形势。

那时候在东京遇着写生文与自然主义的潮流，自然主义的理论甚可佩服，写生文则成绩大有可观。我不很懂《保登登岐须》上的俳句，却多读其散文，如漱石、虚子、文泉子以至长冢节的著作，都是最初在那里发现，看出兴会来的。

其中文泉子最为特别，他不像别人逐渐地变成小说家，却始终以写生文为范围，他的《写生文集》与《帆立贝》等，从前也曾搜得，回国时不知怎的遗失了，现今所有的就只是这一小册，追忆儿童生活的《如梦记》而已。庚戌年秋日从本乡移居麻布赤羽桥左近，与芝区邻接，芝公园增上寺为往来经由之路，买杂物则往三田，庆应义塾大学所在地也。《如梦记》即在三田所购得，而此书店又特卑陋，似只以小学儿童为主顾者，于其小书架上乃不意得见此册，殊出望外，以此至今不忘，店头状况犹恍惚如见。

三田虽是大街，唯多是晚间去散步，印象总是暗淡萧寂，与本乡不同，辛亥初冬回故乡，作小文纪旧游，只写一则而罢，题诗其后有云，寂寂三田道，衰柳何苍黄，盖慨乎其言之。今亦已是旧梦矣，读文泉子之记，更有云烟之感，文章之不可恃而可恃，殆如此也。

上文系二十九年八月二十日所写，曾收入《药堂语录》，盖已是三年前事矣。那本红面小书在我手边，则已历三十三四年之久，虽是常常想起，却总未能决心着手，至于今日。翻译不易，才力不及，这理由是容易明白的。但是，为什么还是想要翻译的呢？在日本有过明治维新，虽已是过去的事，但中日两国民如或有互相理解之可能，我想终需以此维新精神为基础。我们在明治时代留学日本的人，对于那时自然更多有怀念，文泉子此书写儿童生活与明治风俗，至为可喜，又与我有不少情分，因此总想译述出来，虽然自己深知这是很不易的事。语学与文才俱优的可以委托的人，找起来未必没有，只是他们所知的大抵是近今更西洋化了的日本，对于明治时代恐怕

関ノ戸
紫雲白

有点隔膜，有如请西装的青年陪了穿茧绸夹袍的老人谈话，这其间有三四十年的空气间隔着，难得谈得投机的。

我之所以不顾能力不足，或闲暇不多，终于决定自己来动手者，其原因即在于此。文章译得很粗糙，未能把本来的趣味恰好地传达出来，但是凭借平时对于东京与明治时代写生文与《如梦记》的好感，总之想以理解之心，运笨拙的笔，一句句地写下来，至于力不从心，那是没法子的事。

全书共计九章，希望每月能译出一章来，那么到了明年夏天，全部译完了，可以出一小册单行本子。假如我在文学上有野心的话，这就是其一，此外是想把希腊神话的注释做成，这已写了一部分三万字，下余的大约也还有十万字之谱吧。这工作中途搁下来，一转眼就已是五个年头，想起来更有岁月不居之感，亦正是所谓如梦也。

民国癸未九月十日

第一章

住在这村里的时候，同当地的小孩游嬉的事情一点儿都不记得。恐怕并不曾游嬉也说不定。只是给邻居的阿幸带着，往海边去游玩的事，却是时常有之。有一天拉大网，捕得许多的沙丁鱼，那时也是阿幸给带了去的。

拉大网的时节热闹得很。喊：“拉大网，拉大网啦。”喊：“大家全都出来！”这样嚷着跑上一转，喊声还未绝之时，好像睡着似的村庄忽然地带了活气起来了。

“呀，拉大网啦。”男的打

着英雄结，女的头发乱着也不管了，都跳出门来。从上首的家里奔出，从下首的家里跑出。从前街出来，从后街也出来。小孩也跑，狗也跑。留在家里的大概只是站立不起来的老人吧，或者还是躺在棚里的牛罢了。从各方面来，都向着海争先恐后地奔去，这个气势正与奔向火烧的地点去的时候相同。

在这时候，阿幸也就干出很粗暴的事来了。我正拿着可以装得下我自己的那样一个大网兜，她也不管这些，只一下子把我的手和网兜的柄两相抓在一起，抓着就走。说是痛，也不放宽，不管三七二十一地拉着了走。

这要说是走，或者不如说飞更好，也未可定。仿佛自己的脚不曾着地，觉得完全凌空着被拉了走去的样子。

到得海边一看，那网已经是拉上岸来了。黑压压聚作一团的村人围住了网，哗啦哗啦地叫唤着。那些渔人们的叫喊声的骚扰，不是听到一回过的人到底不会了解。从那像直格子似排着的小腿之间张望过去，只见从网袋里吐出沙丁鱼来，青黑的一摊堆在沙上。迸跳着的沙丁鱼，一转眼就给沙裹拌住了。抓到筐箩里去，也有舀到网兜里去的。我的网兜里不知是谁在什么时候，给装了有八分满。阿幸把我同沙丁鱼赶紧地送到我的家里，她又跑去再去捡拾第二回的鱼去了。

在我们那里的习惯，沙丁鱼总是拌满了沙那么就卖。不拌着沙的，算是不新鲜。所以即使稍微有点蔫了，也拌了沙搁着。我也是一直到

笑罢爬罢，二岁了呵，
从今朝为始！
——小林一茶

离开故乡为止，总觉得不拌着沙的沙丁鱼仿佛不是沙丁鱼似的。

出去游嬉的时候，平常大抵是由阿幸带着去，要不然便是祖父背着外出，但是往后边瓦店去时，总是自己走了去的。而且那时也没有人陪伴，只一个人走去。

瓦店的正房方面不记得了，只是工场那边的事情还略略的记忆着。

大抵是每天一回，我走到工场去玩耍。有什么人做我的玩耍的同伴吗，那也并不然。瓦店的老头儿一年到头只是一个人坐在竹林后面阴暗的工场里，老在那里敲瓦。此外谁也没有。无论什么时候走去看，总在泥的的中央着的坐着，老是在敲那板台上的没有烧好的瓦。

看见我的脸，一面笑嘻嘻的笑着，说："今天怎么样呀？"他给我什么点心吃吗，也并不如此。我不知怎的总觉得喜欢这老头儿。就是不给我什么，我也喜欢他。可是有时候也给我一点儿什么东西。虽然不会给我点心，却给我猴儿爷。我蹲在板台前面，显出催促的神气等着，老头儿敲完了一块瓦之后，便说："呵，再给做个猴儿爷罢。"便用泥刀的尖挑取一点儿瓦泥，放在掌中揉搓起来。

我心里想，好呀，看着。

泥被搓成为小芋头的样子，老头儿去从后面架子上拔下一支像筷子似的竹签，用这尖头做出眼鼻来。做成功了，便即插在竹签的尖上，交给我说："喂，猴儿爷，哈哈哈。"

要到了猴儿爷，没有别的事情了，赶紧拿去给母亲看，便跑回家来。老头儿望着我回去，又动手去敲第二块瓦了。

据我的记忆，似乎老头儿无论何时头上都戴着浅蓝的丝棉帽，身上穿着厚棉袄，厚得背都圆了。

夏天是怎样的呢，全不记得了。天气晴朗的时候，工场前面的晒场上排着两三列的未烧的瓦，在那里晒着。老头儿在不在，从家里后面的廊下就看得清楚。看见他在，我立即从后门走出，绕过晒场，直奔工场而去。我喜欢猴儿爷，我更喜欢给我猴儿爷的老头儿。

在家里玩耍的时候，祖父教我读书，这事也还记得。

三四岁读书，或者有人认为虚诳也说不定，可是的的确确是学过了的，所以没有办法。书本的模样现在也还朦胧地记得。我想这总之是一册绣像的教训书吧。本子很大且厚，书面是茶色的，已经很有点疲软了的古旧的书。十年前左右归乡的时候，忽然想到这册书，很想再看一面，便从书箱查起，凡可存放的地方没有一处不找到，但是可惜无论如何总是找不着。

祖父烤着暖火笼，我便跨坐在这中间，闹着玩的时候，祖父立即把这册书摊在暖火笼上翻开来给我看。每一页有一幅图画。说是图画却也没有什么美丽的彩色，单只是粗略的墨绘。记得最清楚的是韩信出胯下图，以及颇奇妙的猫的图。猫把它尾巴笔直地平伸着，仿佛是在伸懒腰的样子。似乎猫正在放屁，翻到这一面的时候，总觉得好笑。

俗稱
ニガウ櫻

祖父粗糙的有须的面颊在我的头上摩擦着，嘴里含着烟管，用了烟斗拨过书页来。“这回是放屁了。”祖父说，以猫为目的地翻下去。这猫的画表现着什么意义，猫伸懒腰为什么可以作教训，因为现在书没有了，全然不能知道。总之翻到有这猫的图的地方，是最快乐的事。在图画上面，都题着一首歌。这些歌似乎都是有教训意义的歌。

但是我所学的却并不是歌。用别的纸，写着大字，天地，山川，父母，兄弟等，两字相连的单语，订在书的卷首。我学的便是这单语。图画看过一遍，到了猫放屁算是完了之后，再回过来到卷头的天地山川来。

祖父用烟斗一个字一个字地点着。我就高声读道：“父，母。”一天里边，一半当是玩耍，读上好几遍。有人来了，也叫读了给人家看。总之在家里玩着的时候，这本书没有一刻不拿出来，因此不久我就完全都暗记住了。不看着书本，说起父，母，差不多即能够想起那字的形状来了。

有一天，照例由祖父背着，到八幡老爷的石灯笼那里去游嬉。那八幡老爷的石灯笼，乃是在村里大路的旁边，与恶龊的农家隔着十坪（案：一坪约三十六方尺）的空地，有很大的花岗石的常夜灯，一对安放着。

神殿还离得很远，一直在七八町的后方，即是走过有松树的沙山

俗称
ヒヨクモヽ

那边。我是同平常一样，被放下在石灯笼的台石上。祖父就在那里坐下，同过路的某甲某乙招呼说话。

比我还要年长的小孩五六人在那里玩耍，看见我下来站在石灯笼旁边，一齐都对我注视。一会儿他们中间为头的一人说道：“大家都来都来。”便跑向人家的背后去了。

人散了之后，剩下好些的麦秆散乱着。在台石之下，也有些散着。我心里想要，一心看着，其中有的交叉着成为工字形的，看去像是曾经学过的那个父字。我这样地感到了，祖父却不曾知道，总觉得很有点不足，便慌忙地用手指着，给说明道：“父，父。”祖父似乎不懂得，只说：“嗳，好好，再回家去读那书去吧。”我心里焦急得很，可是没有别的说明的方法，只好忍耐着再指着说：“父，父。”于是祖父才悟过来了，张大了没有牙齿的嘴，说道：“懂得了，懂得了，的确是‘父’字。”很愉快地笑了。

自此以后，祖父的教授法生出了一个新机轴。在不拿出书来的时候，两手拿着火筷，交叉了说：“这是什么？”答说：“父。”又竖着并排了说：“这是什么？”答说：“川。”听到这个答案，祖父便仿佛真是非常高兴似的，为之破颜一笑。

我记得在村里居住时候的祖父的容貌，也记得母亲的容貌，但是很奇怪，父亲的容貌我却不记得了。这也并不因为是特别难记的脸，只因在我渐有记忆的时候，父亲多不在家里住的缘故吧。

山櫻
山櫻

盖晴耕雨读的生涯也并没有像理想那样的有意思，所以有时学做神官去，有时开起书塾来，可是末了都不成功。因此只得再到城里去谋职业，就平常不大回到村中的家里来。后来父亲找到了事情，我们也即弃舍这村与我的真的故乡，回到城里去了。

这仿佛是在一个凉快的夏天的早晨。母亲一早起来，捏饭团啦，穿裹腿啦，虽是短路的旅行，准备也很忙碌。阿幸和瓦店的老头儿也走来，给我们帮忙。往来城里走惯路的，名叫老六的汉子，雇了来挑担。老六在担的一头的筐篓里，把包袱呀，布夹袋呀，一切的东西装了进去，在那一头，说道："嗳，我们去吧。"把我抱起来，装在筐子里边。随后将两臂先搁在扁担底下的中间，试试这担子的重心。

祖父大约还要收拾屋子，所以留下，戴着眼镜送到门口来，说："老六，辛苦辛苦，路上小心。"老六答说："喳，那么我去了。"就挑上扁担。我还抓着挂筐子的绳索，却已离地一尺多，悬在空中了。现在就将离开故乡的家了，却并不觉得悲哀，也不高兴。只是深埋在筐子里的坐垫中间，悬空挂着去了，觉得很有趣。母亲同平常远出时候一样，头上盖着白手巾，侧撑着日伞，在后面小步跟着走来。阿幸送我们一直到村的外边。说是和母亲分离很是悲哀，连眼睛也哭肿了，但是这些事我却全不记得。

别过了阿幸之后，我们便顺着麦田中间的路，一直走去。我觉得摇摆着前行，甚是愉快。一会儿到了高坡了。勾配虽并不急，乃是路宽而且长的山坡，在两边稀疏地长着大松树，路上满铺着长方的石块。

据说从前有一个奇特的六部，为得要解除过山的人的困难，自己运了石头来铺在这里，至今在山上还有一块石碑，叫作六部冢云。清凉的朝风飒地在松树枝上作响，吹到山坡上来。回过头去看时，母亲望了我微笑着，跟了走来。我安心了，仍向前面坐着，过了一会儿又回过去看。母亲仍是跟在后面走。我又安心了，照旧坐好。无论走了多远，铺路的石头还是没有完。这六部的山坡真长，长得令人瞌睡。

到城里去有三里（案：约当中国十八里）路，这全是山路的三里路。或者在六部坡之后我是睡着了吧，或者虽是醒着也不记得了，无论怎么回想总之是再也记不起来了。但是有一件事却还记得。

山岭的路走到很是寂寞的时候，忽然看见在脚底下有一个碧绿的池。说是绿，那才真是绿呢。这绿得叫人有点怕。老六不则一声，彳亍前行。母亲也不则一声，急速地跟着走。这时候，不知道是雉鸡呢还是什么东西，发出可怕的叫声，铿的一声从池上叫着过去了。我觉得非常害怕，紧抓住了筐子的绳索。

从前有一个叫阿玉的美女，被这池的主者看中了，拉进池里去，因此这就叫作阿玉的池。池的主者据说乃是一条蛇。被拉进到阿玉的池里去的人，从来就很不少。男人过路的时候，据说阿玉就出来拉他下去。从前有一个少年武士骑马远出，回来时在这池边被阿玉拉下去溺死了，这件事至今还留存在地方的歌谣里。

御樂之花
豈是
あせび

译者案

六部者六十六部之略，佛教信徒以《法华经》六十六部，分纳于六十六灵场，巡行各地，故即以为名，但平常亦只是指巡礼者，不必尽负有六十六部经典也。

民国癸未十一月四日

第三章

城里的寓居是武士住宅区的深处，满长着草的一所房子。沿着恣意茂盛着的木槿的篱笆，有一座古旧的瓦屋顶的大门。进了门，即是荒山氏住宅，斜着走去，才是我家。据说从前是什么阔人的邸第，现在只孤独地剩下两户人家，周围全都是蚕豆田了。

在我家的西北方，有一株很大的老樟树。凌霄花缠绕着直到树梢，花在夕阳中映照着，非常美丽。在豆田中间，桑树以及苹果树茂生着，枝叶交加，几乎分不出界限来。

クワリン

俗稱 カラボケ

漢名 榠樝

风一阵吹来，蚕豆的叶翻转白色的背面，波浪似的乱动。豆花的香气宛如飘浮在空中，阵阵袭来。

我平常总在田中和绢姑玩耍。这绢姑乃是邻居荒山家的女儿。我装作鬼，追着绢姑走去。沙沙地听见豆叶擦着响的声音，绢姑却是不见。这里呀，突然从花的中间绢姑露出脸来。于是，嘻嘻嘻地笑了。

扮鬼玩得厌了，绢姑从长袖中拿出半干的豆叶，用她细小的手指搓着，使它臌了起来。到了臌得像青蛙样子的时候，便啪地一下在自己的额上打瘪了，这是绢姑的一种癖性。都会的人大概对于豆花什么未必注意，可是在这乡下的田地中生长的我，觉得像蚕豆花那么样可以怀念的花是再也没有了。

就是现今，假如在什么地方看见蚕豆田，我便立刻想起住宅的事来，我在这屋里住过几年，现在不记得了，绢姑大了起来之后的样却是全然不曾知道。恐怕这也只是一两年之间的朋友罢了。

绢姑家里的叔母比绢姑还要美丽，可是不幸早死了，到现今母亲还是说起。这叔母是一位小身材，圆脸，说话很温柔的人。叔父这人却很有点古怪，我还明白记得。有一回，绢姑不在家，我在那里独自游玩着，叔父微笑着说道：“教你一件好事情，你拿下一点儿牙屎来闻闻看。”我转过身子去，拿了一点儿来闻了闻，叔父说：“怎么样，臭吧。”还是微笑着。我从小时候便知道牙屎的气味，全是受了这叔父之赐。

リンゴウ
俗称リンゴ
漢名林檎

又拿了玉米的毛给种在前面的，也就是这叔父。叔父把头发都留起，结成一个丁字髻。在家里总是脱光了膀子，一心地做那副业的手工活，可是到了外出的时候，却总戴着沉重的深笠，腰间插了木刀。但是这也不只是荒山家的叔父如此，那时的士族都是这样的风俗，所以一点都不足为奇，倒是像我的父亲那样剪短了头发，戴上什么帽子之类，反而显得有些奇异。

这是什么时代呢，据说此时正是西南战争的中间，剪发的父亲以及留发的叔父每天都是等不及似的等待东京的报纸的到来。但是这种情状在我是毫不觉得。我大概只是醉在豆花的香气里，游玩着过日子罢了。

后来祖父将乡间的家收拾了，移到现今的寓所来住。其时狐皮的背心已经不穿了。天气冷了的时候他穿上黑的棉外褂，脖子上卷着奇妙的编织的围巾。围着这个围巾的照相至今还留存着。

我同祖父曾经去照过两次相。祖父不说是照相，却叫作福多格拉披。这大概是往来于江户的时代所学得的单语吧。在城里只此一家的照相店离我家只有二三町的路。

像现在的什么化妆室呀，什么玻璃屋顶呀，有这些文明设备的照相店那可并不是。这只是在广阔的大葱田中间，像是纸人戏台似的，进身很浅的一间板屋罢了。这就是照相场。走进现今的照相店去，仿佛是进了病院里，感到一种忧郁的心情，可是这里却是和天空做屋顶

一重桃

初出现的萤火，为甚回转了呢？这是俺呢！

——小林一茶

一样，而且又是在田野中间，所以觉得很是爽快。黑魆魆的背景什么当然是没有。单是后面挂着一幅白布幕，前边放着两三把藤椅子而已。

第一回照相的时候，祖父给我穿衣服，把大襟向左折着，回到家里来之后很为大家所笑。而且又因为衣服的颜色不相宜，照相也不清楚。这回呢，（须得当心了，）母亲特意取出平时所秘藏，带黑色的条纹绉绸的棉袄来，给我穿上。一面穿着，一面将袖子上钻出来的丝绵拉出来，细而发光的丝便无限地尽向外拉。“这么拉不行。”很快便被喝住。

虽然被吆喝了，可是去照相去，到底还是高兴。衣服的带子系好了之后，再给我系上一条葱绿色的缎带。系起来很滑溜，我的身体好像是杉木橛什么似的，紧紧地缚住了。两手拿了长袖高高举起，带子系上一转，就打一个圈子。

母亲说：“你的头发总是有癖结。”用了木梳从头顶梳下去。木梳的齿络在头发打结的地方，痛得眼泪都要出来了。歪了头跟着木梳侧过去，又被骂道：“这样跟着过来是不成的。”好容易总算梳通了，被祖父带着出去。

祖父在藤椅上坐下。我站在祖父的右侧。我的右手有点儿没处安放，不得已弯到后面去。照相店的人说：“头请这边一点儿。”走来把头拗正了。我觉得弯在后面的手没办法，可是照相的人只来把头扶

正，对于手却是什么都不说。我的右手便那么隐藏在后边照了相了。

把右手隐藏了这件事并不见得怎么好玩，但是不知为什么缘故至今还是记得，所以特地记了下来。回到屋里等待照相成功，过了一会儿，照相的人从茅厕似的一处地方拿着玻璃板走出来，略微映着日光看了一下，拿水钵的水冲洗。“照得挺好的。”笑嘻嘻地说。随后又把什么瓶里的药水滴在上面，在火盆的火上烤着。于是这真是成功了，等药水干了的时候，装在新的桐木镜框里交给我们。

现在拿出这照相来看时，只见盖的背面记着祖父六十九岁，我自己是五岁。无论什么时候拿出来看，我的右手总是隐藏在袖子的后面，祖父则是照例围着那奇妙的编织的围巾。

照相店的斜对角有一家杂货铺。那里的老头儿不知道为什么缘故，常出入于我家，我也常常到那边去玩耍，渐渐亲密了。他正是像那剪了舌头的麻雀的画里的那么一个老头儿。虽然不曾戴着头巾，红而且亮的头上结着茨菰的芽似的丁字髻。

老婆子也在，可是样貌都不大记得了。这老夫妇之间有一个女儿，名叫多代。脸色白，眉毛浓，下巴有点往上兜，这里仿佛很有点妩媚可爱。多代对我非常爱怜。我跑去玩耍，总把我带到店后面的阴暗的住房里去，给我吃点心，或让我烤被炉。

被炉的对面墙壁上有一个神龛，底下挂着三弦。有时候多代坐在住房的正中间，对了曲本台在弹三弦。烤着被炉，向店面望去，从挂

フし
漢名
紫藤

着的拖鞋以及草鞋之间可以看见对面学校的门。假如在现今，这也并不算什么，在那时候这学校说是外国式的建筑，涂着白色洋漆的门极是觉得新奇。

多代已有女婿。女婿乃是戏子。艺名叫作什么我不知道，在家里只叫作蝶。大概是名叫蝶吉之流吧。这是二十四五岁的一个青年，头发梳起，像是顺着旋毛似的卷着，而且还把眉毛剃掉了。脸长，颜色苍白，眉毛剃去的地方好像被蠼螋舔过了似的，是一副不大讨人喜欢的面貌。白天到戏台那边去的时候居多，所以我和这人自然便不很亲近。而且他似乎不像多代那么地喜爱小孩，也就没有如多代似的殷勤款待我。可是却也并不见得怎么嫌憎。

蝶在家里的时候，同多代两个人共一食台，烤着被炉吃饭。我有时候也坐在旁边陪伴着。我想，烤着被炉吃饭，暖暖的可不是好，回到家里来的时候赶紧把这事告诉给母亲听。可是母亲一听，便有轻侮之色见于眉宇，严厉地教训说："这种事情是下三烂所做的事，去学做这样没有规矩的行为是不行的。"

蝶与多代原来是相思的夫妇。那时候在我们家乡过着天长节，总是非常热闹地表示祝意。店家做出种种陈列的人物。插花的同人便展览插花。女人小孩都在这一天穿了新衣服，出外去看这些公开的景物。随后到了晚上，又有歌舞台阁在街上走来走去。现今大约没有那么繁华了，但是一直到我长大了为止，这种风俗还是保存着。

有一年天长节，杂货店的多代也算作某街的青年帮的一人，偷偷地加入在台阁的乐队里边。咣当咣当地在市内大路上摇摆走着中间，从对面来的却是一班新开路帮的台阁。

舞手都是精选过水滴滴的年轻戏子，穿着绞染的紧身小衫，腰间系了短的蓑衣，扮作渔翁模样。大众想看戏子们跳舞，从前后左右地紧拥上来。两个台阁既不能退后，又不能前进，动不得了。两组台阁上的舞手和乐队没有办法，只好丢下台阁，暂时到横街的饭庄里去休息，多代见了蝶的英勇的模样，便看上了，据说就是在这时候。

有一天晚上，我被多代带着去戏场看戏。前后的事情什么都记不得了，只有一幕却还留在记忆里。

从蝶的房子里出来，走下黑暗的楼梯。到了戏台下首挂着门帘的那地方，靠了多代立着，对着舞台看。我时不时抬起头来，看多代的脸，多代把头伸出帘外，专心向那花道望着。池子里的看客以及包厢里的看客也都一齐向着那边注视。似乎是有什么正从那里出来，我却不懂得，只是仰着头看那（后台的）屋顶。扎成圈子的绳索，叠好的幕，纸板糊的屋脊似的东西，种种很污糟的物件许多挂在那里。其中只有樱花的挂枝，觉得好看。

过了一会儿，大概是戏子出台了，看客席中一时都动摇起来。多代也将手用力地按住我的肩头，热心地看着。走在前头的大将摇着金纸的采配，率领了大队的人出来。现在想起来，这似乎是忠臣藏报仇

足下也进江户去的么？杜鹃呵！

——小林一茶

的那一幕戏。那时候的戏台上并无什么电灯，大抵是蜡烛的火而已。重要的戏子出台，有所谓脸光者，用长到六尺左右的长柄烛台照着，在由良之助的前后，便有这样的两支放在那里。

不久，义士都从花道过来，戏台上满是人了。随即开始互相刀劈，开始互相扭打。在这时候不知怎么的，一个义士被按倒在台前点着蜡烛的地方，假发轰地烧了起来。大家乱作一堆，都跑过来了。是谁，是谁？是老蝶，是老蝶。各人嘴里嚷着。仔细看时，被按在蜡烛上的人的确是蝶。铁青的脸上含着怒气，挣扎着想要爬起来。是故意的呢，还是偶然的，虽然不知道，可是总之不是一件常事。

在后边的义士们也有用手按着蝶的对手的肩膀，劝他说差不多算了罢的。多代见了，把我抛下，一直跑到后台求救去了。这样闹着，幕也就下了，蝶被好些人帮助，一手摸着假发，站了起来。于是就愤然地回到房里去了。

多代走到身旁，很忧虑地问没有受伤。蝶脱下假发，说这真是坏东西，还很生着气。访问的人陆续地走来。有来道歉者，有来慰问的，狭小的房子里弄得非常混杂。

我因为没有地方，只好站在屋角里，看着大家的脸。照那时候的情形看来，总之不像是武戏演得太认真了，以致出事，大概有什么记恨的事，所以报复一下，叫蝶在戏台上出丑的吧。

那一天夜深了的时候，我被多代背着，蝶提了灯笼和包裹，走回

家来。沿街的人家到处都早已关门，寂静无声。天上满是星星，我虽然被背着，还觉得有点微寒。

他们二人穿着草履，急急地走。差不多肩头相摩似的，紧靠着走路。蝶对了多代不断地诉说，怨恨那打架的对手，多代则宽慰他，叫他千万别再打架了。讲话中止了，二人便只默默地，急急地走路。夜更是深了。

在我年幼的心里，也无端地深深地感到了秋夜的哀愁。

俗称
ハコ子バラ
漢名
重瓣薔薇
俗称
チヨウシユン
漢名
月季花

译者案

扮鬼的游戏即是捉迷藏，但是包了眼睛，如在豆田中或是不包眼睛，追着捉人的称为鬼，所以在本文中仍照原语直译，否则迷藏中钻出鬼来，意思反而不相贯通也。

明治维新以前，男子剃去头上前部的头发，只留左右以至后头部，在顶上束住，再折向前，称为丁字髻。维新时改为剪发，而一般笃旧者常改而全部留发，仍结丁字髻，戴深笠以自晦，功令禁带刀，士族改带木刀焉。

头发有癖，此乃因妇女平时结发有各种定式，久乃成癖，不易改变，由此引申通用，谓头发

称 コヤヲキ

又トキンバラ

漢名

酴醾 非

卷曲不甚直者均称曰癖。

舌切雀，日本旧话之一，云有雀偷窃糨糊，为老姬剪其舌，老翁往访问，大受款待，老姬继往，负一箱归，其中悉是怪物。绘本中有老翁之图，读者熟知，故本文云然。

蠼螋，北京名钱串子，越中俗称其休，盖即古名之音变。日本民间俗信，人的头皮如为此虫所舔，则将成为秃头。

花道系用原名，狭长的板路，通过看众的池子以至于舞台，有些戏子由此出台，原意云花的路，据云原来是送花给戏子时走此路也。

采配亦是原名，用厚纸剪成条，束为流苏形，悬于短柄上，大将临阵执此以指挥士卒，仿佛是令旗军扇之属，而形制不同，故不加译改。

忠臣藏，戏曲名，叙元禄年间赤穗城武士为其主人报仇，后俱剖腹自杀，凡四十七人，后世称义士，大石良雄为之长，即由良之助是也。

不佞译此书，极想不加小注以烦扰读者，但有数处非注不明，不得已添此八则，却亦未能说得清楚，深以为憾。

癸未大雪节

第四章

这以后迁移的地方是沿着总大门内的大路的一家，从家里的高窗可以看得见对门的白墙壁的米仓。这仓库长得很，大约有半町之谱吧。（案：六十弓为一町。）

北边的那一头非从窗门的横洞望过去不能看见。有时候我从这横洞伸出竹竿去，问底下走过的商人买金太糖。连买上四五根，等得拉上来的时候，有的已经折断了，金太的脸也流化了，成了横阔扁平。卖开达丸的也走过。唱戏打大鼓的也走过。警察也走过。在那时候警

萍花开了守候着，草庵的前面。

——小林一茶

察还不挂剑，只在肋下挟着一根四尺来长的实木棒。警察那时是叫作捕亡爷的。此外还有各色各样的人走过。这里比豆田里的家更是热闹，觉得要好得多了。

在门里边，有大的栗树。也有柿树。在屋顶上，院子里，柿花像霰子似的散乱着。院子的正中间有一株牡丹，还开着淡红的大朵的花。

在下雨的日子，依照着房东的指示，曾经给它拿雨伞去遮着。房东就是隔壁的邻家，叫作西村。在西村家有一位眼睛迷迷糊糊，梳着茶筅头的老太太。老太太的女儿叫作三轮姐，这是白粉涂得雪白，了不得的华丽的一位大姊，母亲常是提起来说，三轮姐好标致。鼻子两边特别注目地厚厚地涂上了白粉，看见这样装扮的女人，母亲说是像狐狸似的，或者又说是西村的三姐似的，现在还是这么说。身材略略的矮一点儿，可是长得胖胖的。照着她的模样看去，不知道是叫大姊好呢，还是叫姑母好，很有点儿困难。在西村家除了老太太与大姊之外，并无叔父，也没有什么别的人。就只是两个人，据说有许多的公债。

老太太因为是女当家的，关于公债以及株券（股票）的事情非常地明白，有一回父亲曾经低声同母亲这样说。我那时候还以为株券是像太神宫的剑那样的东西呢。（案：券与剑二字日本音读均为 ken 也。）

有一天是庚申祭的晚上。三轮姐走到我们的后门口来，说今天晚上要点便利灯，请阿哥也来玩耍，清哥他们也是要来的。母亲应酬说：“谢谢，屡次去吵闹。”大姊说了一声就请过来吧，摆动着屁股径自

跑回去了。

我试问着："便利灯是什么呢？"

答说："大概是好看的洋灯罢。"

母亲似乎实在也并未见过。说是好看的洋灯，那么是金光闪闪的东西也说不定，本来看了就会知道的事，却是先在那里种种的操心。总之大姊那么特地来叫我去看，一定是美丽的东西无疑，所以高兴地跑过去。

清哥以及太田家的小姑娘，还有三四个近地的游嬉同伴，早已聚集在吃茶间里，和大姊隔着一张黑亮的习字几并排坐着。清哥他们因为灯影看不见面貌，大姊正对着灯光，刚是正面，所以面白体胖的大姊从胸前起很清楚地映照出来。便利灯或者还没有点吗，心里怀疑着，就在小姑娘的下首坐了。大姊把身子移动了一点儿，说那边太窄，请到这边来吧。我又立起身来，走到大姊那边坐下。

忽然留心一看，今天晚上所用的不是平常的那灯台了，几上却点着一盏小的洋油灯。而且清哥他们很新鲜似的对着这个洋油灯呆看着。我立即觉到，这就是了吧。觉到了之后，本来是高高兴兴来看的，现在却很有点无聊了。在家里也用着洋油灯替代烛台，一点儿都不觉得新奇。

清哥他们把头凑在一块儿，很有趣味似的说着话。过了一会儿大

家猜起谜来了。

你往那边去，

我向这边走，

在原野前面碰着，

这是什么？

带子。（案：原与腹二字日本语均读为hara，语意双关。）

白鹭鸶落在黑田里，

把我所想的事情告诉给别人，

这是什么？

笔。

这样地说着。随后是大姊的要求，清哥来讲丁丁山的故事。他就用了短舌头似的很妙的土话，讲了起来。

清哥据说是从神户移来的一个泥水匠的儿子，还有许多地方没有失掉神户的方言。这土话很有点可笑，大家都笑了。大姊叫大家别笑，可是自己也还是歪了嘴笑着。对于便利灯的不平不知道在什么时候已经忘记了。太田小姑娘是厌倦了吧，或是瞌睡了，用两手遮了小嘴，打一个呵欠。眼泪润湿了黑眼珠很大的眼边。大姊一眼

稱
ロウダンツヽシ

就看见了，说道："雪姑，瞌睡了吗？唱一个《月亮姐几岁》吧，一会儿就分给点心吃。"小姑娘似乎清醒了，端端正正地坐好，也不怕羞，就唱起歌来：

月亮姐几岁？

十三加七岁。

给穿上了七件衣，

送出到京城的街上，

簪子掉了，

簪子掉了，

染房的女儿霎地出来捡了去，

哭了也不肯给，

笑了也不肯给，

到底不肯给还了。

小姑娘唱完了歌，大姊去拿下供在庚申神前的点心来，从小姑娘起一个个地分给了大家。我分到了一个红叶的煎饼和指环似的点心。小姑娘将红绢里子的长袖翻转在膝上，把点心收到里边去。

便利灯不知何时已经吹熄，灯台又出来了。给现今的小孩们看，点起旧式的灯台来，或者比好看的洋灯更好也说不定，可是在那时

闲古鸟叫了，说不要从马上
掉了下来！

——小林一茶

候，灯台倒是普通，不必说洋灯，便是那洋油灯尚且这样地被大家所珍重。

大家吃完了点心，没有事情干了的时候，大姊说，做一回的转圈儿给大家看，替代说故事吧。

从灯台的抽屉里取出灯芯和发淬来。她将灯芯很短地摘断，从灯台的内面直种在纸上。很巨大的手影子在动着。灯芯的影一根一根地增添了。

手的影子放大了，变成雨伞的样子。倏地缩小了，斜向着逃去。灯芯的影逐渐加添，差不多有十根左右了。中间的一根略略地倾侧，将要跌倒。

告诉她说：“啊，中央的要倒。”于是大的手又是霎地遮住了灯芯的影。等到明亮了的时候，那已经扶正，笔直地立着了。一会儿发淬上点着了火。在灯台的纸障内，火蓬蓬地燃着，十根灯心颤抖似的映照在纸上。十个视线乱在一起落在十根灯心上面。发淬的火徐徐地回转起来了。

手的影子早已看不见了。灯芯各以其根为轴，也都转起圈来。转呀，转呀。有时候转得大，有时候转得小，尽着发淬燃烧着的时间老是转着。这有趣得了不得。

清哥他们把脸都跟了灯芯一起回转，一心注视着。大家正在迷蒙

杜類未詳
出山中之小木也但名謂未之知

地高兴着的时候，小姑娘偷偷地将袖子挡住了脸，拿点心送到嘴里去。这事只有我看见。就是小姑娘也不知道被人看见了。

大姊把烧完了的发淬的余火放到滴油碟里去。说今天晚上就是这么完结了。

直到现在，活动着的灯芯忽然回复了原来固定的影子，仿佛觉得有点可惜，有点寂寞似的，颇想回到家里再试做一回来看。我一看见洋油灯，便是在现今也就立即想起便利灯的事。我想起便利灯时，也便又想起那面白体胖的大姊三轮姐来。

太田家的小姑娘是三轮姐的侄女，所谓太田者即是间壁人家的房主人。据说在从前是俸禄三百石的人家。现在身为家督的长男人太忠厚了，至今还未曾娶妻，差不多与未成丁时是同一的境遇。可是在本人却并不觉得有什么苦恼。

傻子有一门技艺，原来是当然的事，这位主人翁却是有两门三门。第一是钓鲫鱼很巧妙，我的父亲常说，这事断乎敌不过太田君。

第二是打白头鸟，第三是画风筝。在他的房里摆着的画，有鬼与赖光，熊与金时，蝉，家奴等各种，特别是大的颜料碟内融化了的苏木的色彩，尤其鲜艳夺目。

太田家的房屋非常广大，阴暗的房间很多。在画室后面，据说有

俗称
山ウツキ

一间没人进去的房子。故事的梗概不大记得清了，从前每次听母亲讲这来由，总是害怕得了不得。

很久从前，在这房间里有姨太太被杀死，至今还在作祟，现今这位主人之半傻，据说也就是为了这个缘故。

西村和太田两家的租屋一共约有十所，常有些各色各样的人聚集在那里。其中我所最清楚地记得的是，腌菜店的古屋氏和甜酒店的佐野氏。这两家都是所谓士族的商业，在丁字髻的人们还多的时代，真是很大胆地转变了行业。

有一天佐野氏走来，说想要换甜酒的灯笼，请费心给挥一笔吧，拿了一张别的纸，来托祖父与父亲写字。父亲同祖父面面相觑，辞退道："招牌的字是公家派也不成，汉派也不成，非常难的东西，断非我们所能写得的。"

佐野叔父说："不管怎么样都行，无论如何要请求一写，并不是就那么贴了上去，还要双钩出来，在纸上染颜色，决不会于尊名有关的，务必请赐一挥吧。"

两人听了这样正经的请求，很是惶恐，暂时互让了一会儿之后，末了还是祖父用了所有的那公家派的字体，写了"安末加由"四字。

父亲说："我们这一路，写招牌是很不合式的。"重复地说了来辩解。"哪里的话，实在是佳妙的书法，多谢了。"佐野叔父表示谢意。

山ウツギ

问起祖父写作安末加由的理由，答说写作酒字，就会得要纳税，所以说作粥的。（案：日本语安末意曰甜，加由意曰粥。）当天的傍晚在门口游嬉着，佐野叔父同平时一样挑着甜酒的担子出来。灯笼用了红蓝两种着色，今晚觉得特别好看。正中间显出安末加由四个双钩的字。灯笼太是好看了，几乎看了令人怀疑那真是祖父所写的字吗。

古屋氏原来乃是剑客，两颊长着胡须，面相有点怕人，不知道怎么想到了，新开起腌菜店来。并不开张什么店，只是主人公自己每天走着叫卖。

开始的那一天，住租屋的人大家都出来照应他。当啷当啷，“在下是卖腌菜的。”我听见了这种稀奇的声音，跑出去一看，古屋叔父穿着军服，挑着七味辣火箱似的有些抽屉的箱子，当啷当啷地摇着铃，口里在说，在下是卖腌菜的。假如在现今，一点儿都没有什么稀奇，在那时候无论服装以至什么都很觉得异样。

从太田家起首，大家销去了不少的金山寺豆酱。现在想起来那箱子的格式，说多谢了那样声调，一切都是东京式。

从此以后，不论雨落日出，没有一天里不听见一回当啷当啷的声音的。而且此后当啷当啷在近地的儿童中间成为大流行了。

古屋叔父做了生意回来，便在泥地的房屋中间，以门弟子为对手，击起剑来。门弟子不在时，教他的女儿练习。时常从窗门里去张望，

我和你是前世的中表兄弟
么？闲古鸟！

——小林一茶

姑娘说着嘘嘘嘘，刺上前去，叔父说来呀来呀，催促着。这位姑娘大概有十八岁，像男子似的面貌，肤色浅黑，面上有许多粉刺，与三轮姐简直是比较不来的。

译者案

金太为金太郎之略，即坂田金时，为源赖光部下四大将之一，传说云幼时为山母所养育，肥大赤色，常与熊为伴，共相嬉戏，小儿无不知其名者。

守庚申源出中国道教，传入日本，至今尚有存留，但与佛及神道相混，所祀神为青面金刚或猿田彦神，路旁庚申冢则大抵雕刻三猿像，即不见不闻不言三者是也。

洋灯谓有玻璃罩者，洋油灯则是以洋铁作壶，中注洋油，上有长管，棉纱作芯，点之。灯台系植物油灯，以木作架，上半三面糊纸，中间置灯盏，下有碟以

マンサクノ實

承滴下的油，昔称行灯，盖谓其遮风也。

丁丁山系民间故事之一，大意云，有狸子负恩杀老妪，俾老翁食其肉，兔为报仇，诱之乘土制的船，溺于海。中间有一节，兔与狸各负薪入山，兔在后以刀石取火，声丁丁然，狸问故，答曰，此名丁丁山，故丁丁作声，乃纵火焚狸所负薪，几死，篇名本此。

制甜酒法，煮糯米饭入曲，令发酵，味转酸甜，入水煮成薄粥状，热时加生姜汁，食之甚美。与中国之酒酿不同，以其状如粥，故可称之为甜粥，但此名亦不通用，盖甜酒毕竟非酒，自不至加税也。

公家派系日本式书体之一种，以前公家文书均用此体，汉派则是中国式书体，通常行草即是。

七味辣火原语云七味唐辛，系加在食物上的一种香料，用辣茄，芝麻，陈皮，罂粟，菜子，麻子，胡椒等分为末。金山寺豆酱据云系从苏州金山寺传来制法，以麦豆制酱，加入茄子青瓜等，即用为馔，与平常烹调用的酱不同。

本书原名《如梦》(Yume no gotoshi)，译名赘加记字，深觉不妥，拟改为《梦一般》，今暂且仍旧，或者俟将来印单行本时当再改正耳。

中华民国三十三年一月十日

第五章

市街的外郭绕着缓缓流动的运河，像一条带似的。整天里，货船上去，木排下来。末了这水与大河相合，出到港口去。到了秋末的时候，萝卜船在桥的上手下手都泊满了。

这是在一年中间河里最热闹的时候，市里的人们为了要准备腌黄土萝卜,都聚集到这里来买萝卜。船主人全是邻村的农民，买主则也有士族，也有商民，毫无差别地都走拢来。只觉扰扰攘攘，了不得的热闹。有把萝卜从船里搬上来的，

觀音竹
也

有挑着运往街市去的，有站着争论价钱的，河岸的两边全是人和萝卜，将路都堵塞住了。

萝卜的时节一到，桥对面的馒头店也忙了起来。刚蒸好的发着热气的馒头还来不及排列在店头，就全都卖光了。买主源源不绝地挤上门来。无论怎么赶做，总是来不及。店里的伙计急得哭丧着脸，向着生气的顾客尽在道歉。馒头的名字叫作进口船馒头。有白的和黄的两样，样式是可以看作进口船，也可以看作出口船。

我同祖父时常到这馒头店里来玩。却不是为买馒头来的，实在因为这里是我亲姑母的家。也正是士族改业的买卖，姑母虽是寡妇，却成为五六个人一家之主，开起这馒头店来。

老家原是定府的武士，老太爷是道地江户人，是一位剃光了头，穿着直裰的和蔼的老人家。时常在店头帮着做馒头，可是讲话很不好懂，我不大和他亲近。

祖父同这老太爷是作歌的朋友，来家拜访的时候便一同走进别院的房间里去。我那时就留在店里游玩。“进口船馒头”这名称大概也是这风雅的江户出身的老太爷因这地点的关系而取定的吧。或者“进口船馒头”这东西从前在江户什么地方曾经有过，因此想起来的也未可知。

姑夫在姑母嫁过来不久的时候，西南战役爆发，任为官军的小队长参加战阵，旋即在田原坂名誉战死了。姑母在悲伤之中，亏得

明月呵，今天你也是贵忙！

——小林一茶

还有一个遗儿八重姐聊作为慰藉，一面对于江户出身的公公尽其孝养。

当初开设馒头店据说是很有点儿冒险的事，幸而得到市人的爱顾，很是成功，姑母因此增加勇气，努力去做。捏面团啦，煮豆沙馅啦。蒸笼叠得要碰着顶棚地蒸着。差不多全是姑母独自处理。

忙的时候家里的人全都出来，在地板上围绕着大海碗帮着工作。有时候连老太爷也蹲在大海碗的旁边，用手掌将面团压平摊张开来。摊平了的馒头皮放在大海碗的边沿上，一张张地排着。

姑母顺着拿去，装入豆沙馅。装好了馅，对折起来，进口船便成功了。把这些放进蒸笼里，再拿去在锅上叠了起来。蒸好了的蒸笼从下层抽出去，热气腾腾地一同搬到柜台上。在那上边，于是白的进口船和黄的进口船都很齐整地摆列起来了。

在这忙乱着的时候，八重姐从学校回家来了。不必说，这八重姐是我的表姊妹，年纪要比我大两岁。从店堂走上来，软软的好像把身子折叠起来似的，跪坐了行一个礼。一面把前面垂下来的、几乎将眉毛也隐藏了的刘海发，很讨厌似的拨开，对着姑母在讨什么东西。

姑母拿起店头的馒头来，分给我和八重姐每人两个，我正想着有了好的玩耍伴侣了，八重姐却并不理我，径自往别院的房间去练习弹琴去了。

賽珊瑚除藥
非一物也此則
賽珊瑚爲是

有时候师父也来店里。这师父是一个鼻子尖上有麻点的，声音枯哑的瞎子，摇着光亮的头，说什么，“呀，东典，哪，曾典”，用力地教着。八重姐仰视着师父不透明的白眼，懒懒地，嘣一声嘣一声地弹着，有时又斜着身子，伸了左手很局促似的去按那琴柱的对方。

师父独自很得意的样子，翻着白眼督促着。弹完了一段，师父一面擦着额上的汗道：“哥儿，你好，爷爷呢？”说得出人意外。

我蹑足走来，一声不响地看着，他却已知道我是在这里。可是八重姐把原在右边的烟管偷偷地移到左边来，对他微笑着，他还是什么都不知道。

过了一会儿，在原来放烟管的地方摸索，这才知道没有了，装出像那马闻了小便笑着时的脸相，说道：“又是小姐在闹着玩了。”

姑母沏了茶拿来，看见这情形便责备八重姐。八重姐逃走似的从廊下跑往店里去了。“富爷，辛苦了，请喝一杯茶，放在这地方，八重老是那么样地胡闹，真没法子，这个孩子安静驯良，调换过来了便好。”姑母这样说。师父大约是难于回答罢，哈哈哈地笑了便混过去，举起茶来先顶礼了随后再喝。仿佛觉得有点儿窘，我走到八重姐那边去看。八重姐正在吃着馒头，所以我也要了来吃。

在别院房屋的里边一间里，住着一个叫作冬姐的女人。年纪大约已有三十四五岁了吧，脸色青白，头发卷在梳子上，无论什么时候来看，

总是坐在长火盆旁边做着缝纫的活。在店里极其忙碌的时候，她也同家里的人一样出到店头来，帮着捏面团或什么，可是大抵总是躲在后边房里，在做缝纫。

说是客人也并不是，自然也不是姑母家里的人。只是那么叫作冬姐就是了。后来听来的话，据说原是姓什么的一个有钱的封翁的外室。房间空闲着也没用，计算精明的姑母所以就分租给她了。

冬姐大概是有头痛病的，平常在太阳穴上多贴着一块四方的纸。脸色虽然青，可是我所喜欢的一位叔母，实在比亲的叔母还更是喜欢。冬姐通年在长火盆箱的抽斗里存放着烤昆布。我去游玩的时候，每回拿出两三张来给我。她又用了长烟管吸旱烟。她吸烟有这种习惯，紧闭着嘴，把烟从横头“噗”地一直线地喷出去。在西墙上只有一个圆窗，是很阴暗的房子，但是茶具架与衣柜等齐整地摆列着，看去很是爽快。把这房子拿去做比较，我们的家便显得杂乱，不雅致，仿佛是农家的样子。

在这样闲静整洁的房间里，我真愿意长久地住下去。假如问我为什么这样喜欢呢，一时也回答不上来，可是简单的一句话，可以说我喜欢这房间的气味吧。冬姐眼看着做针线活事的手头，和我说话。我嚼着烤昆布和她说话。

“哥儿爱什么？”

“点心。”

“点心是爱什么？”

俗称
カウモリ桐
金帯花

“……金米糖。”差不多全是这些不得要领的话，但是不论谈到什么时候都不知道厌倦。

只有一件讨厌的事，那便是说起关于八重姐的话来的时候。说什么家里的小姐送给哥儿做新娘子吧，又说明天起就带到哥儿做新娘子吧，又说明天起就带到哥儿家去吧，说话稍有不同，意思总还是一样。我听了这些话讨厌得不得了。

并不是嫌憎八重姐，说是做新娘做新郎这些事莫名其妙地觉得讨厌罢了。这是玩笑的话，也理解到一半以上。不过被这样说了的时候，还是不免很介意。

那时我的遁词总是说，八重姐若是来做新娘子，要用铁锤子打她。冬姐将嘴里含着的烟一口气喷了出去，笑着说：“干这样残酷的事，那么新娘子要哭了吧。”我渐渐预备想要逃走了。冬姐连续地还戏弄我。终于忍受不住了，跑了出来，不凑巧又在廊下突然和八重姐碰着，自己不觉把脸涨得通红了。

最愉快的一件事是由冬姐带着我往新开路去玩。从姑母的家去，到新开路很近。往桥上乘凉的人们都陆陆续续向那方面走了过去。新开路这地方据说是在明治维新后所开设的，茶楼不必说，戏院，杂耍场，杨弓店，贯马等，各种娱乐营业都聚集在那里。走进望去高高的横木大门，忽然世界改变了样子，直格子门的人家在两旁排着。

无论哪一户人家里都点着洋灯，同白天一样明亮。穿了华美的单

早晴的时候，毕毕剥剥的炭
的高兴呵！

——小林一茶

衣的女人们隐隐约约地看见。我想这些大概是艺妓吧。也有在格子近旁架上镜子,脱光了上身,在洗脸擦粉的。也有人家在楼上弹着三弦的。一家一家挨次看着走过去。我伸开手指，在格子上咯噔咯噔地弹着走，冬姐把拉着的手用力一扯，拉向道路中间走去。

狭窄的路向右边弯过去，又向左边折过来，在拐弯的地方有一间摆摊的鱼鲊店。很好看的切鲊和握鲊排列在红漆的板上，看得很明白。我向着那边紧挨近去。冬姐又将手一扯。旁边还有汤面铺。鱼鲊的香固然很好，面的气味却也不坏。冬姐拉得更紧了，向着中间走去。

我走着，只觉得仿佛是为全世界的香气所醉了似的。再走进去。那里的人愈多了，在戏院的前面一点儿才稍有空隙，乘凉顺便来玩的人这里三个那里五个的,聚集着乘凉,在暗中微现白色,可以看得出来。那边有一个小小的稻荷神的庙，到了这里，闷热的人气没有了，忽然觉得凉快起来。

在那个时代冰店什么当然是还没有。只有人把新汲的泉水放在水桶里，一文钱一杯，卖给人喝。也有切了西瓜分卖的店。此外像佐野家叔父那样红灯笼的甜酒店也有。冬姐来到这里，平常总买甜酒给我吃。这甜酒的味道至今也还忘记不了。现在虽然也喝了看，可是没有那时的味道了。觉得有点儿疲倦了，昏昏沉沉的，冬姐说："哥儿瞌睡了可不行，我是不能背了回去的。"于是急急地催促着，由原路回来了。

凌霄花

俗稱 ノウゼンカツラ

有一回，这是在新开路有活人形来展览的那时候的事情。很难得地由父亲带了我走去看。从狭的小门口被人挨挤着进去了之后，似乎两旁边就排列各色各样的人形，可是因为差不多是夹在大人看客的中间，人形是一点儿都看不见。仿佛觉得是站在井底里的样子。略略不留心，脚就会被人家踏坏的，好容易才算被父亲抱了起来。我一看就只见在眼前滚着一个人的首级。而且他还瞪着充血的眼睛，开阖着嘴，哎呀，这可怕得了不得，我不觉一把抱住了父亲的头，大声狂叫起来了。

四周围的看客出其不意都吃一惊，一齐注视我们。父亲狼狈了，从人群中寻路向着出口跑出来。我脚蹬着父亲外套的丝绦，两手抓住了帽子，所以帽子与外套都弄得稀糟了。

那个首级本来即是活人形之一，此外也还有种种可怕的人像，可是如今无论如何总记不起来了。

总之我们急忙走到出口那里，那些阴惨的人形全都没有了，却站着一匹大白象，静静地把鼻子上下摇动着。乐队的鼓和三弦很热闹地发出声响。到了这里，我才觉得心的震动渐渐地安定下来了。象并不可怕，所以停留了看了好些工夫。

它把大耳朵和长鼻子不绝地动着。乐队的声音就近在耳旁响着，可是不见乐队的人，觉得很是奇怪，仔细看时在象的屁股那边有一个大的窗户，那里搁着梯子，有人进出。乐队在象的肚子里，弹着三弦打着鼓哩。

当初不明白是假作的呢，还是活着的，半信半疑地看着，自从见了屁股的窗户以后，才知道这是用洋布包扎成的东西。但是刚才的那个首级却无论如何总不觉得是假的。那充血的眼神至今想起来也还仿佛就出现于眼前，引起非常不愉快的心情。

译者案

黄土萝卜日本名泽庵渍，谓系泽庵和尚遗法，萝卜晒半干，以盐和米糠腌之，上压重石，为日本最普通的小菜之一，中国亦有之，或用黄土代糠，故名。

馒头，在日本不论有馅与否均如此称，中国江浙亦然，无包子之名也。进口船馒头其形不圆而扁，中国又当称作饺子矣。

东典云云系三弦口调，犹中国之工尺，据《丝竹大全》云，东者放第二弦而打之，典者放第三弦缓弹也。日本的琴有十三弦，故正当称作筝，与古琴异。

顶礼，有所赐予，两手举物

黄昏的月，锅子里啼着的田螺。

——小林一茶

高出顶上，作礼而后领受，此种礼法民间犹尚留存，今俗语受之敬词曰戴，妇孺或用汉语曰顶戴。

封翁原语曰隐居，老人将家督地位让与其子，退隐不复闻家事，故名，中国无此制度，姑以封翁代之，意义实在不尽相合也。

金米糖为葡萄牙语之音译，系糖色之一种，以冰糖汁和面粉，置罂粟子为中心，搅拌煎成，圆形而周围有刺，在中国但统称为洋糖耳。

杂耍场原文云见世物，或用汉语云观场或游观场，因在中国不甚通行，故不用。杂耍而外尚有畸人异物供览，据朝仓无声著《见世物研究》，凡分作伎术，天然奇物，细工三篇，可以知其内容。杨弓以杨木作小弓，供人较射，其后用女子招待，渐近于卖笑，乃至废绝，《日本杂事诗》中曾咏之。

鱼鲊制法见于《齐民要术》中，惟在日本多并米饭食之，与古法稍异。以饭入匣内，上置鲊，压实再切作小块，即切鲊，通称压鲊，为大阪制法。东京则用手握饭成长形小团，上置鱼虾乌贼贝类等鲊，故称为握鲊，鲊微用醋渍，非如古时石压搁置自生酸味也。

活人形亦是见世物之一种，因无适合的译语，故沿用原名。据山田德兵卫著《日本人形史》所说，德川时代向有偶人展览，以竹，麦秆，贝壳，玻璃等制造，或中设机括，争奇竞异，用以炫售。活人形最后出，约在今九十年前，贴纸为头面，衣履用具皆为实物，如等身大，色相逼真，扮作故事人物，大受欢迎。因偶人形态如生，故称为活人形云。

民国甲申二月十一日

第六章

茫然的玩耍着过去，早已到了七岁了。说现在就该得慢慢的预备进学堂去的事情了吧，于是开始来习字与读书。

真是到了开始做的时候，仿佛忽然被搁上了重担，又不知怎的觉得似乎有点难为情的样子。习字是很有意思的事，母亲预先种种地宣传，说什么到习字的时候要给买卷笔啦，什么写了大字，父亲要给加上梅花牡丹的记号啦。听了这样说，就想早得一天也好赶快的习字来看。就是牡丹，这不是西村的院

方之中土樣樹
花葉殊不類

子里开着的美丽的花吗，可是父亲又怎么画得成呢，心里怀着这种无谓的忧虑，一心在等待这个准备的完成。

字本子有了，卷笔也有了。所谓卷笔者，笔管细而笔毛颇长，笔管与毛之间用绀纸卷着，上边扎着红色的绢线，在别的地方有没有这样的笔，可不知道。

我的故乡那里，或者现在的小孩们使用着也未可知。卷笔算是好的，但是墨却不很中意。这是在几十年前的时候，藏在熏黑了的衣箱的抽屉里边，像是白炭似的外边长着白粉的墨。

父亲和母亲都齐声称赞，说是好墨好墨。黑魂魂的真棂门的那房间中央放了一张矮桌，开始学写伊吕波字，仿格是祖父所写的呢，还是父亲所写的，全不记得了。

墨果然不出预料是很坏的墨，磨来磨去总不会浓起来。可是母亲还是称赞着说好墨，一面从我的肩上伸过手来把住了我的手帮我写字。这让我觉得有点出乎意料。

我本来想着，大概是父亲或是祖父教我吧，却没有料到母亲来教我写字。而且母亲的字又是整齐有力的很好的字，我更是出惊了。母亲在字的拐角处用了力拉我的手过去，我只尽任着母亲拉来拉去，伸了手写着。这样就写出很有意思的好的字来。

出檍樹復表小異
あをき

说一个人写写看吧，把手放了。最初还能写出像母亲所写的那样的字，可是渐渐地变成萎缩的小的字了。到末了，写出来的是丝一般的字，或是像是被风吹歪了似的。这是不行，须得这样的直，这回母亲独自写了给我看。

母亲的字写得非常好。我想，这是万不能及的。写了四五张纸之后，说今天就是这样完了吧。似乎颓然地觉得有点儿疲倦。拿了字纸走去给祖父看，祖父说："初次写的算是很不错了。"虽是称赞我，但是其中大部分是母亲所写的字，所以我心里很觉得有点惭愧。

第二天以及第三天都是同样的习字，在第四五天那时母亲给了我一张白纸。说是在这上面写大字。她定好文字的排列，再给划上爪痕。已经很有点写惯了，就很容易地顺着指甲的痕迹写下去。这样就写成了像母亲所写的那么样的大字，说是等父亲下了班回家来，请他给加上牡丹和梅花，我心里想这该是多么美丽呀，等得有点急。

父亲刚回来，来不及地拿字给他看。父亲一面脱着下裳，看放在席子上的大字，称赞说写得不错。我逼他说："赶快给我画牡丹吧。"我紧催着，几乎不让他有吸一口烟的余暇。

父亲慢慢地将矮桌的抽屉抽开。有什么东西出来呢，我凝视着的时候，出来了一个朱砚。父亲拿起朱笔来，在伊字的肩上画了像钗子似的两根棒。吕字与波字上画了梅花形的一个圈，在中间加上一个短

鱼儿们呵，也不知是桶里，
门口的纳凉。

——小林一茶

的十字。没有树枝，也没有什么别的。这是梅花吗？略有点失望。在木盆的底面也用墨画着比这更大的一朵花，我就想到，那是父亲所画的了。伊字上边的钗子模样的东西据说是什么松叶。这里梅花来了有四个之多，伊字是松叶，乃字则是竹叶。

母亲说："因为写得好，所以梅花多。"听这样说，似乎也觉得高兴，但是牡丹不知道为什么缘故，终于不曾得到给画一朵。试问牡丹不画吗？说梅花也正是一样的。说是牡丹，似乎是母亲一时记错了。从前母亲学过的那书房里的先生大概曾经画过什么牡丹，因此以为父亲或者也是如此的吧。

父亲所画的，后来一直如此，乃是松竹梅这三色。当初稍微有点失望，可是既然规定是这么办的，以后遇见把字都罩满了的大的梅花记号，便高兴得要不得。

以后是读书了，父亲不教我背诵四书五经，却选用了《小学入门》。这是当时小学校初级生的教科书，父亲选用这书的原因，其一是专为预备进小学校之用，又其一则我想是从父亲的开化主义出来的方针吧。

我学习背诵还是在一直长大了之后。小学入门的丝，大，锚这些都是看了图画念下去的，并无什么困难。一个月还没有过去的时候，连鲷，鲤，鲋，金鱼，鳗也都记熟了。

《小学入门》之后是《小学读本》与《地理初步》。《小学读本》在头上画着五个人类的面貌，曰："凡地球上的人种分为五类，亚细

紫竹有圓又方、者絶貴
むらさきたけ

亚人种，欧罗巴人种，云云，日本人者，在亚细亚人种之中者也。”《地理初步》中间则有那丘那耳及阿格拉非，坡列帖加耳及阿格拉非，玛得玛贴加耳及阿格拉非等等奇妙的文句，翻过一两页去的地方画着东半球与西半球的着色的图。

父亲把这两本书每天都教我读一页。初步比较，《小学读本》要难读，可是我并不感觉多大困难，也都学会了。瓦匠家的清哥儿说是在学校里总学不会，觉得很有点奇怪。但是，我每夜非得温习不可。白天玩了一天，就是身体疲倦得像棉花似的时候，也还是非温习不可。单是这件事苦得很。

有一天晚上，我发惰性，想不温习功课了事，父亲却是大怒了，说不听话的人不能放在家里，拿了这个走到什么地方去罢，便拿出一个提筐来，再放上一只碗。这是说做乞丐去罢的意思。我最初原是很执拗着，见了这个却忽然大为恐慌了。我哭着拉住了母亲求救。父亲还是大声嚷着：“走出去，不能放在家里。”母亲说：“你是太执拗了，这是你的不好。”也帮着父亲说话。我完全成了孤立，非常心慌，心想假如从今夜起真是做了乞丐那怎么办呢，便觉得悲哀得连气都透不出来了。只是哇，哇，哇地乱哭。好容易由祖父代去讨饶，今天晚上总算是允许免罪了。

罪是免了，但是温习仍不准免。很不愿意地只得把矮桌搬到灯台前面，读起《地理初步》来。因为啜泣着读下去，所以声调全然不对。

“坡列帖加耳及阿格拉非者。”

漢名 李

モヽ

刚读出来，眼泪就涌出，滴滴落在书本上面。《小学读本》好容易才准免温习，这一夜没有做乞丐去算是安稳地睡下了。

《地理初步》与《小学读本》卷一读了之后，真是要办入学的准备了。关于入学的种种程序，一切都是由内野家的姨母去代办。

内野的姨母乃是我要进去的小学校的一位教师。大约有五十岁左右了吧，是我母亲方面的远亲，向来很是要好的。

和我们的家隔着五六户人家，是一所有大门的宅子，也是我所常去游玩的地方之一。在姨母家的院子里有一棵大梨树，橘子树有两三株，樱桃树有十四五株。

在这中间，我认定为自己的樱桃树的也有两株。果实成熟的时候，几乎每天都去游玩。樱桃的果实像是点着灯火似的那么美丽好看。

姨父是号称谦斋的汉学家，是一个头皮秃得精光的老人。在姨父的房间里，书箱有许多，都整整齐齐地排列着。时常也看见姨母在这房间里教着书。姨父与姨母都戴了眼镜，同看桌子上的一本书。

在我们的家里不曾见过这样的事，所以觉得有点稀奇。吃饭的时候走去看，姨父与姨母相对坐着，一同喝酒。在各人的面前放着一只酒盅，姨父喝时，姨母给斟，姨母喝时，也是姨父倒酒给她。也有时候二人喝得脸通红的，在那里议论。

春雨来了，吃剩的鸭嘎嘎地叫着。

——小林一茶

子女共有三人。上边的两个是女儿，第三个即是英夫哥。英夫哥比我年长得多，已是中学生了。他放风筝非常巧妙。在我们家乡里，并不像东京这样，在冷天放风筝的。

到了春天，天气晴明，温暖的风吹起来了。每天刮着风，都是一样风力。屋后暖处的积雪也一点儿不剩地融化完了。那时不管总门的里外，这边那边的都竞争地放起风筝来。上面附着叫子的，名为纸窗风筝。普通的称为锅盖鱼风筝，在四方的风筝的一角上加上一只尾巴。赖光啦，金时啦，这种着色的风筝很多，只有英夫哥的总只是全部墨黑的。而且，在这上面，用了须子题目似的蟹行文字胡乱写上一气。这样的东西是没有第二个的。看一看天空，就立即可以知道英夫哥是否在放着风筝。

风筝放腻了的时候，他走到放木材的房间的楼上，去读英文。在正房这边读的事情不曾有过。无论何时，总是在放木材的房间那里大声念着。近地读英文的人只有英夫哥一人。

有时候也在那放木材的房间里，叮咚叮咚地踏着踏碓。下雪的时候，饥饿的麻雀慌慌张张地聚集到米臼的周围来。英夫哥躲在楼上，立刻把门关上，麻雀向着小窗上乱撞，就很容易地把它捉住了。因为体格很好，所以没有一刻停止活动。这放木材的房间是英夫哥的书斋，也是他的运动场。

こなら

我由姨母陪着，第一次上学去了。穿了仙台绸的下裳去，走起来窸窣的响声。不知怎的觉得与平时不同，心里很有点不安似的。走到学校的时候，正是上课时间，外边很是寂静。

走上很宽阔的楼梯，立刻被请到校长室里去。校长室里边铺着席子，校长正在伸着手在火盆箱上烤火，向前微屈的坐着。这是面色洁白，鼻子底下长着黑须，像是一个爵爷模样的人。

姨母是在介绍以及什么说种种的应酬话，我只是默默的行了一回礼。像大人们做的那样，将两手插入下裳底下，端正的坐着等候着话说完了。“请从明天起，来校吧。”校长说。这样就退了下来，往各教室去走了一巡。走廊什么都没有，所以教室是一眼看得清清楚楚的。也有铺席子的教室，也有用桌子板凳的。

学生全都转过脸来对着我看，觉得很是难为情，可是有姨母陪伴着，却也安心了。我就竭力的装出不在乎的样子，一直走过去。姨母吩咐说行礼的时候，便照着行礼。大抵是这样的地方吧，我也想象得到，但是学生人数太多，心里实在也觉得有点恐慌。

下课的钟一响，学生都纷纷走向校门内的运动场去。看见了我都说道：“这是上学儿，这是上学儿。”据说上学儿的意思就是说新入校的学生。忽然有谁来到面前，笑嘻嘻的站着，原来却是瓦匠家的清哥。对于清哥不能再装不在乎的样子了，而且不知怎么的有点感到亲近，所以我也好像想到了似的，对他笑了一笑。

まつぶさ

姨母就此留在学校里了。我由古屋的阿姊带了回家去。阿姊在家里练习剑术，到学校里来学习裁缝。以后暂时我上学校去便托这阿姊照料。回到家里之后，到底觉得有点落胆了。心想每天非到那样的地方去不可，仿佛是一种苦痛。但是清哥他们每天都去，又觉得那一定也还有意思吧。

母亲给我预备种种上学的东西。叫作文库的大木匣里边，把砚台，白纸本，石板，算盘，都齐备了，放了进去。午饭盒也有了。室内用的草履也买来了。刚在说这样一切都已齐了，古屋的阿姊跑来，说还得要一个草履牌子呢。这就是将草履放在架上的时候挂在那里的牌子。

父亲赶即拿了板片，削成象棋的棋子模样，又穿上绳索。清哥也来说：“明天早上来邀我同去。”我答说：“我是跟了这阿姊去的。”

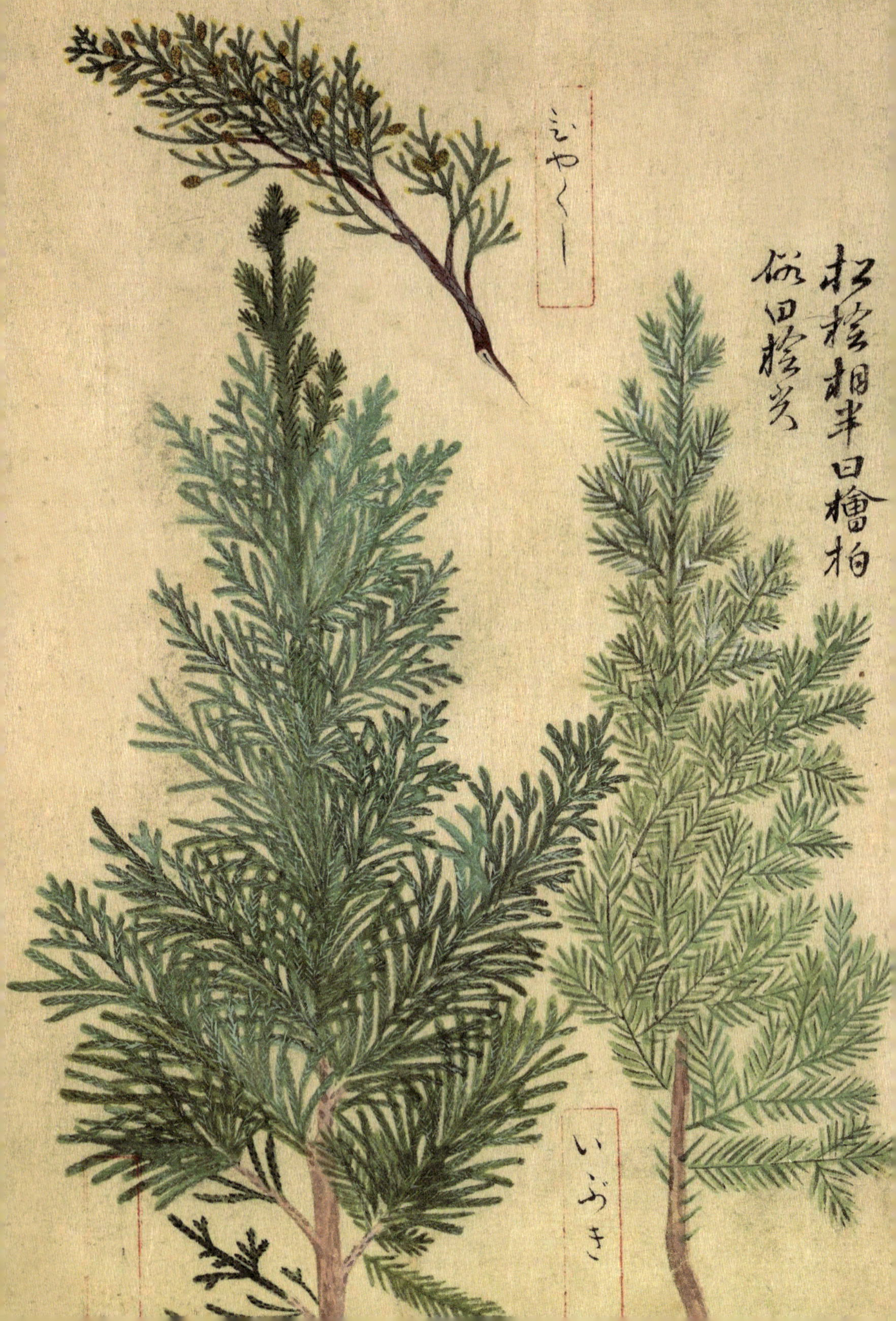
びやくし
杉檜相半曰檜柏
俗曰檜
いぶき

译者案

日本五十字母或编为歌诀，名《伊吕波歌》，因其首句云伊吕波仁保部登，后世取以编号，略如中国之天地玄黄。

那丘那耳及阿格拉非等三语，皆系英文原语音译，其意云自然地理，政治地理，教学地理也。

纸窗风筝，原名障子纸鸢，盖以形言。《扬州画舫录》云，式多长方，呼为板门，其用意正同。越中则名为瓦爿鹞。锅盖鱼原名赤鳟，圆形有长尾，尾上有刺甚毒，越中名为呼鱼，不知呼字应如何写也。

须子题目原文云髭题目，日

本日莲宗徒专信《法华经》，不念佛号，以《南无妙法莲华经》七字代之，所谓题目是也。又复写之刻之，表示崇敬，而其写法复极别致，除法字外其他六字，凡左右旁出的笔势皆拉得极长，且矢矫飞舞，状至奇诡，与蓬蓬的髭须相似，故有此名，亦颇有谐趣也。

踏碓，南方多有之，日本称为唐臼，盖自中国传入者也。水碓知者尚多，此则不用水而仍借人力耳。

仙台绸原名仙台平，质地坚实，有似宁绸，多用以作裳，行动时相摩有声。

象棋，日本通称将棋，其着法与中国颇有异同。棋子名曰驹，不作图形，乃是长方木板，下广上狭底平而首作圭状。

学生往校，以履物脱置架上，挂牌为识，别换室内用的草履上去，即上草履是也。

民国甲申，春之彼岸初日

第七章

初等八级的教室是在楼上的一间大房间。先生叫作高木，白头发的老头儿，眼睛斜视，面相很是可怕的人。在窗门口放着一张高桌，穿了一件茶色的外衣，坐在那里。

学生有好几行，并排坐着，都在练习写字。男生和女生混合坐在一起。我也同了古屋的阿姊一同坐在这中间。

在各人的文库之间，好像是架桥似的，横搁上什么板台，大家就在这上面习字。板台被墨所染污，漆黑得发亮光。

無老不便妥

答

我拿出习字的家伙来一看，与别个学生的大不相同，很吃了一惊。我的习字本是用官厅的废纸所订的微白色的本子，别人的却是涂了墨，闪闪发光，染得乌黑，只要用指爪一刮仿佛就刮得下来似的。不知怎的，觉得那样的才真是好的习字本。砚台呢，我的是黑石头，很光滑不好磨墨。他们的大概都是所谓老虎石的，黄土色的似乎很好磨的砚台。这也显得我的是旧式，而他们的乃是新式的东西。我的文库又是古旧，黑黝黝的，他们的都是油漆成亮黄色的新家伙。此外墨也不一样，算盘也不一样，包袱也不一样，同样的东西就只是卷笔和石板而已，我觉得非常难为情，一回到家里，立即诉说这个不平。

母亲却辩解说："别的学生的东西都是下等的。春庆漆的文库有什么好呢，你的就是旧一点儿也是全桐木的，哪一种好，你问问内野的姨母去看。又说到习字本，真是傻话，那样的是因为墨涂了的，你的本子不久也会变成那个样子。"

凡我所说的话，一件件的都驳倒了，我想这可不是吗，也一半服了，可是走到学校里比较了看，无论如何总觉得似乎人家的都好，自己的很不行。至少是那个墨，我当初就觉得不好，不管怎么想也还是不好，好容易要求母亲给我另外买了一锭。

高木先生是很可怕的先生。学生们嘁嘁喳喳说起话来的时候，用了破钟似的声音呵斥道："习字课无言！"于是这教室里便寂静得声息毫无，只听得翻转习字本纸页窸窸窣窣地响。有一个人吸溜地吸进

蜗牛，破坏了墙壁，给它游嬉。

——小林一茶

鼻涕去，这边接着吸溜地吸，那边又吸溜地吸起来了。过了一会儿，从屋角落里又说话起头，随后传及全体喧扰不休。

先生乃又瞪着牛一般的眼睛，对大家看。有时候，顽皮的被拉了出来，予以责罚。这就是高举着两手，直立在黑板前，更厉害的是用绳缚了，高吊在梁上。

最初到这教室里来的时候，看见屋顶下有很粗的绳结束着挂在那里，不知道是干什么用的，有一天，叫作西野的学生说是欺侮了女生，就被高吊起来了。我见了西野高高地挂在空中，害怕得几乎遍身发抖了。虽然并不是自己的事，也觉得战战兢兢的，仿佛觉得明天会轮到自己身上也说不定。最初的期间有古屋的阿姊陪伴着我，后来只是独自一身，便很是心怯了。

学生们说些什么来戏弄，或是欺侮，心酸起来，哭了。哭了之后学生们又聚集拢来，显出劝慰的样子，嘁嘁喳喳地说话。这样又觉得心酸，又哭了。整天地，话也不说，只有哭。回家去的时候，母亲说："今天又是哭了。"这怎么会知道的呢，原来因为眼边有一个黑圈，所以知道的呀。这是因为用了有墨的手擦眼泪，所以如此。这样的我得了一种名号，说是爱哭的新生。

但是我很有运气，在八级的教室里停留得不很久。这是因为我已经在家里读过了《小学入门》，学过伊吕波习字，所以不久便被编入七级里去了。七级的读本就是我已经修了的第一卷，不过还有算术以及其他未曾学习的功课，因此在七级以上的班里我也就不能上去。

这回的先生是叫作河合的年青的先生，很为学生们所喜欢。大概是在学校已经习惯了的缘故吧，我到了七级，才感觉这学校是很有意思的地方。对于同学也开口，和先生也说话了。

最初叫先生的时候，不晓得怎么说才好，便叫作阿哥。学生们都笑，先生也笑了。回到家里来，告诉今天被大家笑了的事情，家里的人也都笑了。河合先生没有用绳缚学生这样的事，但是他却拿了箭竹的鞭子，敲顽皮孩子的头。说是讲着话，要敲。说是向着横，要敲。这样那样的都敲。竹旧了不适用了，对学生说："去到山里给取来吧。"

第二天，学生们便竞争着拿了竹来。先生把这竹捆作一束搁着，一根一根地抽出新的来，用以敲打拿这竹子来的学生们的头皮。可是无论怎么头皮被敲，学生对于河合先生总是非常驯服。

我也是很喜欢河合先生。内野的姨母是隔壁六级的先生。戴了眼镜，坐在椅子上，在讲释《小学读本》。那种尖细的高音，和姨父大声议论的时候正是一样。我有姨母在近地，一面觉得胆壮，却也不免又感到几分拘束。

学校的习字不用梅花的记号，却加上大圆圈。当初有点奇怪，但是后来觉得这是新式，所以更好。评语则云佳佳，或云大佳，绝佳。先生的算盘大得出奇，很是好笑。还有乘法九九诀，全级的学生一齐用尽气力大声嚷着，也觉得很是好玩的。

但是在一切功课之中，我最喜欢的还是读本。听着讲义，比在家

しやくせんぶん

里受教的时候还要容易了解，感觉非常的愉快。

这读本在大体上即是威尔逊读本的翻译,同现今的读本比较起来，更富于西洋趣味。除了《猿有手，蚁有足》这一篇没有之外，其余全然与威尔逊读本一样。有插图，画着穿洋服的小孩在抛球玩耍。我想，假如自己也那么样玩耍，那是多么好玩呀。又有画着在冰上乘橇游玩的图。我也想模仿了做。文云，此乡间之富家也，画着一所洋房。我又想在这样的家里住了来看。一切西洋的家屋，西洋的风景，西洋的人物，不论什么凡是西洋的物事，都觉得很愉快似的。

“木生嫩芽，草发新叶，所见无非绿者”，读这样的文句，莫名其妙地感觉愉快。渐渐地，学级前进了，听了狼来了，狼来了的故事，懒惰的人因饮酒而堕落，终于系狱的故事，小孩弄火以致发生火灾的故事，便深深地感到悲哀。

我读了读本，仿佛自己一半变成了西洋的小孩的样子了。在家里听母亲讲故事老话。母亲的老话多是可怕的故事，与读本里的愉快的故事正是反例。

酒颠童子的故事，小栗判官的故事，还有维新前后的实事，在母亲的娘家近旁住着的姓成濑的老人，把爱偷窃的坏儿子砍伤了，正在用水洗身子，被砍的儿子挂着右肩胛，来到浴室里说：“父亲，给一杯水喝吧。”又有姓堀内的医生，杀了与助手通奸的妻子，用刀穿刺她的脚心。这些故事听了的时候，每次都吓得把身体缩作一团。

……一科
……葉
柿而青
微毛枝梢
間紫四青
開碎花白
……枝攢作
……葉尖即
是乎

去学校的日子很长了，所以很好玩的事情或是苦恼的事情当然也不少，可是明了记得的却也并没有。我在同学之中也并无什么特别要好的亲友，始终只是孤立着。用功是很不喜欢，但是成绩也还不曾怎么坏，大抵是第二，或是第三名。

考试的时候一定可以得到奖赏。说是奖赏，并没有什么了不得的东西。或是画仙纸五张，或是格纸五帖，差不多是这样的东西。

毕业的时候得到铜版的字典一册，那算是顶好的了。在哪一级的时候已经记不得了，暂时之间曾有一位村上先生来当级任。这位先生与以前声望不好的什么先生相比，很是和善亲切，非常受学生们的欢迎。无论什么时候先生的头发总是极整齐地分开着的。

后来说是因为不得已的事情，非转任到别的学校去不可，先生对大家说："诸位，我的功课到今日为止就完了。诸位在我的班里都很驯良，很肯用功，以后就是先生更换，也希望大家要同从前一样，驯良而且用功才好。万不可说村上先生向来是这么样的，是那么样的……"这一天，先生特别和颜悦色地训诫我们。

女生都拿袖子按了脸，哭出来了。男生虽然不至于哭出来，大家都不吭一声，只看着先生的脸。这时候校长也正更换了，教授的方法逐渐改良，体罚等也减少，每星期六举行修身讲话，校长亲自作劝善启蒙的讲演，总之记得是校风正是极盛的时代。

此種名未考
一種名稱未詳也

我们的家又迁居了。这回是在城山的脚下，比原来的家离市街更远，是一所很宽敞的住宅。宅的南面为城山连续的小山所隔住，全部是桑树和麦的田地，田地中间有两个很大的池。

自从搬来这里以后，我的朋友忽然增多起来了。有那小山，是我们再好也没有了的游玩场，所以每天从学校回来，便同了朋友们在屋后的山上玩着，就是朋友不来，我也去山上玩耍。

与其在家里念书，还不如独自在山上走着更有意思。隔壁小原家的干君也是学校里的朋友，我同他尤其亲密。在小原家里，单只有叔母一个人。干君每天上山去，捡拾杉树的枯叶，给他母亲做个帮手。

凡是干君上山去了，我也立即跟着上去。两人差不多竞争似的捡集杉叶。或是把苦竹分开来找，或是抓住了杂木的枝，去捡集拢来。到了秋天，各种的菌生出来了。这也总是同了干君去采集去。

我独自一个人也去采集。早晨采过了，到傍晚又去采。可是菌也不见得是那么随便生长的，所以有时候在晚风飒飒地吹来的竹丛中，茫然站在那里，忽而感到一种寂寞，便一口气直跑下山来，这样的事也常有之。

猴儿棘的果实，木莓的果实，山葡萄的紫的果实等，这些是在菌之次的很有意思的东西。钻过棘丛，有黄莺似的吃小虫的鸟飞出。这也很是好玩。小山爬完，就走到一片完全光秃的平地。从松树之间望下去，市街一目了然，又可远望国境的诸山。市外的原野中间，看去

云散了，光滑滑的月夜呵！

——小林一茶

像是一匹布晒着的，那是一条大川。大川的末端流向海岸那边，注入港口里去。在岸边，白浪不发一声尽向岸上打着。天晴的时候，据说隐岐岛也可以看见。以为有，便看得见，以为没有，又消灭了。雪呢岛呢，其境界也分不清楚。在这海岸边往东走上三里，我想就可以回到自己诞生的故乡了。觉得假如想飞，也仿佛就可以飞了去似的，把自己现在小山上的事情也忘却了。忽然转眼向右边，险阻的城山压在我的前面，有如巨人挺胸似的威势逼人。就是顶上的松树也望不见，这过于伟大了，差不多令人感到一种恐怖了。

八重姐来游玩的时候，我也曾陪了她来上到这山顶的平地。八重姐就是一点点的山路也都走不惯，还由比她年幼的我拉着手，喘息着走了上去。我叫八重姐坐在树的断株上，教给她看八重姐的家所在的地方。八重姐好像是怕什么东西似的，向四周张望，只是轻轻地点头。我则走向这边，跑到那边，想找八重姐所中意的地方指点给她看。

八重姐说："快回去吧。"什么也没有好好地看，只急着要下山去。我心里奇怪，为什么八重姐觉得山上不好玩呢，却不能勉强留住她，便走下山来了。往山下走来，八重姐渐渐地开起口来了，而且她的脸色也恢复过来，成为平时的红的活泼的颜色。我问八重姐不喜欢山吗，答说："还是家里好呀。"

八重姐一定是觉得山很可怕了吧。住在城市的人那么地觉得山可怕吗，只是我并不怕，不知怎的自己觉得很是稀奇。八重姐回到家里，

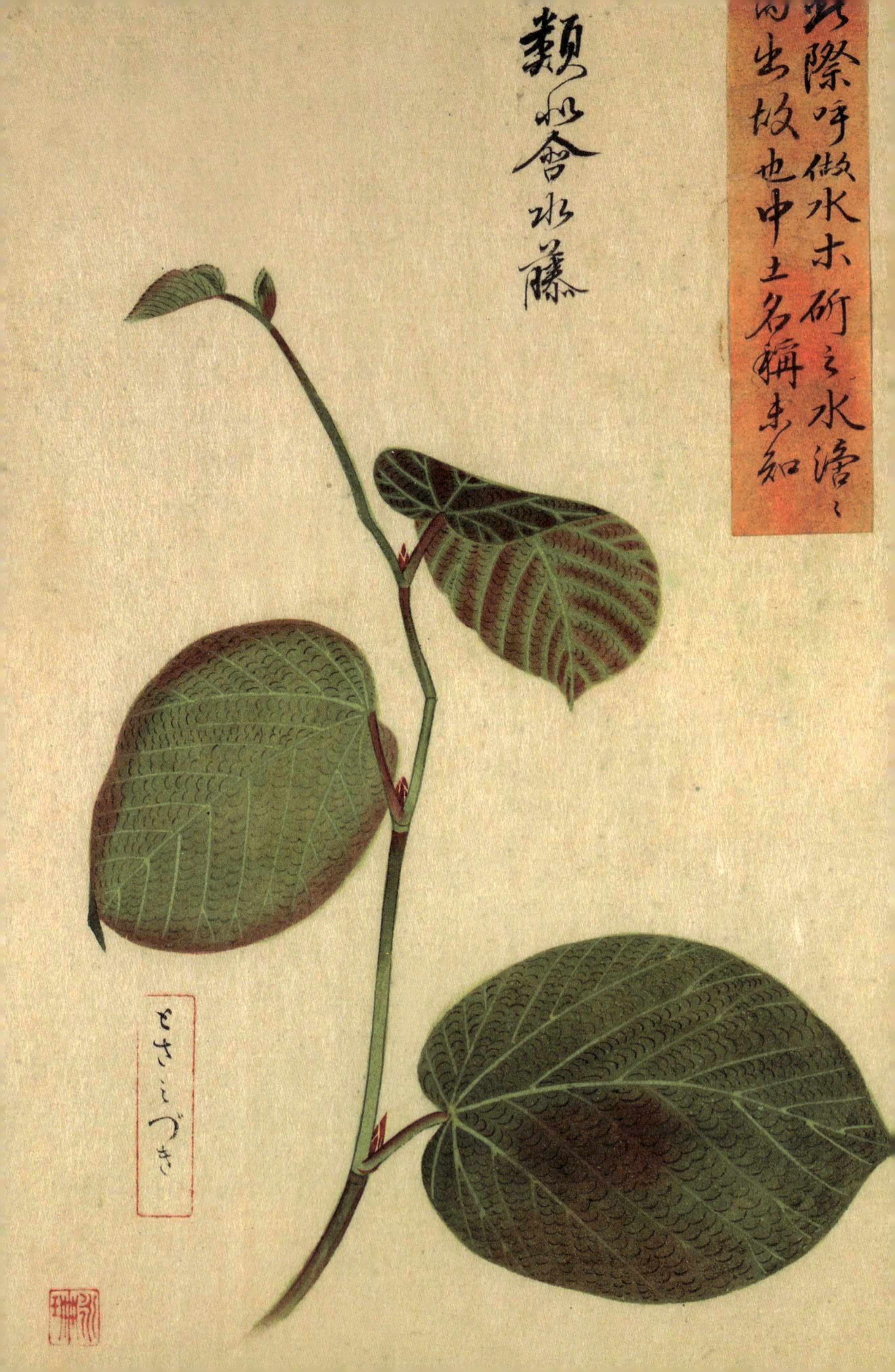
際呼做水木斫之水滴〻
出故也中土名稱未知
類似會水藤
とさこづき

又立即顽皮起来了。我计算着下回再来，一定再带她上山去，吓她一下子，可是不久，八重姐的家忽然地搬到东京去了。

这以后，我和八重姐已经有二十年不曾会面了。

たまみづき

译者案

春庆古时漆工名，以矾水涂木上，如透明漆，木理可见，名为春庆涂，漆下着色，有赤黄褐各种，其淡黄色如书中所云者，盖是能代春庆也。用桐木所制器具，率不加油漆，甚为素雅。

著者七岁入学，计时为明治十三年，在现今六十四年前，其时读本盖以译本充之，威尔逊读本未能详知，大概是英文原本也。《狼来了》一课，原出《伊索寓言》中，在中国亦多有知者。

酒颠童子系日本传说之一，今据《本朝通鉴》所记转录，取其原系汉文也。“世传昔睿山有一童，僧徒爱其美，劝酒交欢，

孝天以二桂大樹
花繁結實如
蓮子狀斜圓珠
朱協

时时咬人舐血，和酒饮之。一旦为魅，号酒颠童子，出山到西麓八濑村，造洞住之，既而入丹波国大江山，营岩窟居之，每至天阴月昏，风迅雨甚，则出而攫人民妇女，寻而不见其所之。又有金熊石熊二童，且为之徒属者数十鬼，往往害物，人皆患之。事以闻，敕赖光讨之，以藤保昌为副。赖光率渡边纲等阳为入山行者，入山涉溪，见妇鲜血污衣，妇谓赖光等曰，此非人所到也，可遄去。赖光问之，其乡居姓字有信，相共语，遂与妇约到鬼窟。鬼现童形出见赖光等，诱而使饮毒酒，童醉卧窟里，诸鬼尽醉。妇导开石扉而直入，见一大鬼寝石床，貌甚可畏也，赖光拔剑大呼，鬼骇起将搏赖光，赖光径前刺鬼，鬼犹掴其顶，纲复进而斩鬼，并戮金熊石熊诸属，载鬼首于一车还洛。敕纳鬼首于石函，埋于山中。”

小栗判官的传说，小栗助重避难遇险，为侠妓所救，今转录《野史》，亦是汉文也。“助重与从者潜匿镰仓，寓居权现堂歇家，有横秀山安者与歇家主人窃议，欲杀助重而夺资财，招聚群盗，张燕召妓，荐酒助重将鸩之。席上有妓名照女，尝通情于助重，闻知鸩毒，弹弦讴歌，譬喻致意，助重察而不饮，从者尽饮醉殪。助重如厕，避入树林，有系马，初安秀夺赤电骝于街道，骝好食人，贼皆怖而系之林丛，助重窃携资骑骝，扬鞭遁走，入藤泽道场，住持怜爱，令人护送助重于参河，而为中毒死者建墓碣吊焉。”其后诉于幕府，复父仇，并杀安秀云。

猴儿棘，原名猿茨，查不出是怎样的草木，只好留存原名，加以意译。木莓中国名曰悬钩子，但是这个名称也很生疏，所以仍用原名，因为洋莓之名已经通行，这也可以应付过去了吧。

民国甲申清明节

第八章

有一天从学校回来，在区长办公处前面用木棒搅那阴沟玩耍，后边有人高声叫道：“阿官在干什么？”心想是谁呢？回过去看时，乃是住在租屋里的老婆子。老婆子的眼仿佛是含着泪似的，说道：“你赶快回去吧，爷爷故去了。”我立即抛弃了竹竿，站了起来。也并不觉得什么悲哀，只是不知怎的似乎有点害怕，心里颤抖着似的一种感觉，赶紧走了回来。

回家一看，附近的人以及亲

剖苇呵，天空角落的筑波山！

——小林一茶

戚叔伯辈，早已有五六个人聚集在那里。父亲和母亲好像并没有看见我回来，简直一点儿都不理会，忙作一团。在吃饭间里，有人在喝酒，也有人吃着饭。比较平常家里的样子，现今更是热闹，什么害怕早已不知道消灭到哪里去了，只是不知怎的觉得有点局促，像是被叫到别人家去了似的。也并没有对人行礼，只是悄然直立着。

过了一会儿，那老婆子来拉了我，带到祖父的寝室里说："阿官也给上一点儿回头水吧。"祖父还是同平常一样盖了棉被，面向着墙壁睡在那里。在枕头旁边，放了一只盛着水的茶碗。我心里想祖父是不是死了，去张看一下，没有什么可怕，同平常睡着一般样。父亲也来了，说用这纸蘸水，放到祖父嘴里吧。我就依着教导，把纸浸在水里，滴了两滴在祖父口中。被滴进水去，祖父还是什么都没有说，我才明白，祖父这回真是死了。

祖父卧病在床，这也已经不是一两天的事了。迁移到这里来了之后，不久就害肠胃病，以后不断地与医药相亲近了。在春日天气晴朗的时候，说这回还想再能恢复健康，两手扶着杖，勉强在院子里走着，这种事情也曾有之，但是我看了那衰老的样子，心想这恢复是很难有希望的了。

本来祖父从年青时候以来身体很是强健，在旧藩时代曾经任职为签押课，犹如现今的会计官吏。因为是与承办商人往来的人员，所以生活自然宽裕，那时的豪气据说着实很是可以。就是在我有了记忆以

名稱未詳醫家樸樕湯或以此充
樸樕湯用
名槲也蓋
非此
かし

后，祖父年纪老了，固然也只有微薄的官禄，但是身体却是极好的。

出去游览登山的时节，无论什么时候祖父总是先导。春天里野游，祖父亲自烧露天澡盆的那情景，至今还仿佛如在目前。

往河边去看放烟火，也有好些回。我们那里的烟火，并不是如东京的玉屋键屋那样烟火铺承办的东西，却是武士家正经的工作出品。梶川流烟火放上去很高，在空中悬着有相当的时间。渡边流的则火低而颜色美丽。因此互争流派，竞作秘传，使得装置烟火愈益巧妙。

在隔水对岸的堤上，张起染出某家定纹的帐幕来。六寸花炮，八寸花炮，有时还装着一尺花炮的炮筒。放烟火的信号是吹海螺，噗噗噗，响了三声，聚集在河边的几万的看客都心里猛跳，一声不响地等着。

这时候戴了阵笠，下裳的两侧高高提起的点火手，在烟筒前面出现了。把竹尖上的火绳晃一个大圈，慢慢地点上火。轰地惊天动地的一声响，花炮已高高地升在半空。看着心想就要打开来了吧，花炮还是一尺或是五寸地向上升，看客仿佛觉得气都塞住了似的。

升到了极点，哧地一下吐出烟来。红龙白龙相连着出现的时候，河边的群众异口同声地呐喊起来。戴阵笠的点火手于是很露了脸，悠然地退回帐幕里去了。

并不限于看烟火，凡是游玩的事祖父是统喜欢的。祖父出去游览，

土名稱闕
紅實者

我总是被带着同去。祖父又非常勤于动笔。不知道从哪里借来了好些旧报纸，在格纸上用细字抄写。这个渐渐积聚起来，满满地装了一衣箱，又是一书箱。

自从病卧在床之后，或者是自己知道死期将到了吧，有一天叫母亲到床边，叫她把这些分别挑选。哪些是作为废纸，哪些是将来放到棺材里去，都指点着做。又在亡故的一个月前，全然老得糊涂了，很正经地说些莫名其妙的话。母亲说这可笑，听了笑出来的时候，祖父还曾经变了脸色，很是生气。

送葬的预备继续了一两天，家中很是热闹。母亲缝死者穿的经帷子。住租屋的老婆子装茶袋。我则是做什么三途河的渡船钱，用墨在棉纸上一个个地印作钱形。到了装在坛里，盖上白布，安放在房间正面的时候，这才感觉到祖父真是已经成佛了。

送葬的行列比较冷落。亲戚五六个人之外，加上邻近的少数几人罢了。其中有一个宫本老人，是祖父从前的下属，平素虽然不大来往，这回却承他也来参加。这位老人来吊慰的时候，曾这样说过：“年轻的人死了还不算什么，听了老人死去的消息，总要心慌得了不得。”

祖父在生前已经把坟做好在那里。这与祖母的坟并排着，戒名也早雕好了。历代祖先的坟有五六基排在那里，祖父祖母的最大，也最阔气。祖父的灵柩就永久地埋在这墓碑的下面了。

枚粗手握其蒲
柳敘

在这以后，法事做了好几次。那时候我总同亲戚的小孩们一起，在光滑得要滑倒的大殿板廊上跑着玩，觉得非常有趣。念经是跟着领头的锣声开始。念经起头我们也就肃然，不能再闹着玩耍了。

小孩们都在前边排坐，各人把两只手放在膝上，等待点心出来。这点心是照例的马耳朵，大馒头和茄子糕，这并不是用茄子所做的糕，是做成茄子形状的黑色的糕，吃起来要粘住牙齿的。

念经的声音静得使人听了想睡。父亲说：“经以曹洞宗的为限。”我大概是因为从小时候听惯了的缘故，觉得我家寺里的念经最好，说起法事来，母亲的娘家也是常常做法事的，我同母亲也常被叫了去参与。

这与我家的寺不同的地方是，大殿的角落里有一个很大的鼓，念经开始之前沙弥先打起这鼓来，又有街上的哑巴姑娘走来讨点心吃，以及法事完了之后在方丈设宴等事。方丈是突出在院子里的池中间，拍起手来有鲤鱼聚集拢来，投给马耳朵，又投给馒头的皮吃。

鲤鱼扰乱了燃烧似的红火把的影子，一口一口争吃马耳朵和馒头皮。这里的和尚出来入席的事是不大有的，可见单只是借给地方使用而已。

母亲的娘家当时就住在近地。隔着市街只有日本一里路远的一个小村，在产生木叶石的那山的山脚下。我时常被母亲带了去，住几天游玩。那边有外祖母和三个表兄。

在红的树叶上，摊着的寒气呵！

——小林一茶

末了的表兄和我是差不多的年纪，他同村里的小孩一样，到井手川去兜那大眼子，捉鲫鱼，很是巧妙。上边的两个表兄比我年纪大得多，显得是老大哥了。他们两人在板廊上摆得满满的养的小鸟儿。

有一回，我也跟了他们，爬到后面的山上捕小鸟去。还很有点瞌睡，在阴暗的山路一直爬上去，觉得不大高兴。两个人也不顾到我，只是一心注视着挂在松树上的唤头的鸟笼。沙沙地响着，鸟飞过来了的时候，训斥人家道："静，静！"本来一点儿都没有吵闹，胡乱地训斥人。

燕雀儿来粘上了。金翅雀来粘上了。粘上了之后，就要卸下唤头的笼来，用唾沫修缮粘竿的胶。兄弟俩的眼睛像火一般地发着光。我觉得没有什么意思，要了带去的饭团来吃。天色将发亮了，眼前看见的田野微黄的景色非常美丽好看。我想，假如城里也有这样宽广的地方，那就好了。

有一年，大表兄那里要娶新娘子了。我当然也被招请了去。新娘是从邻邑来的，一到就走进北屋，一间三席大的房子里坐着。本来是狭小的家，在上房，在厨房里，全都是客了，所以我一直留在新娘的房里。

新娘脸上涂了香粉，穿着美丽的衣服，规规矩矩地坐在房子中间。对着我说："哥儿很乖啊。"我只是笑，看着她的脸。

新娘子虽然是新嫁过来，可是一点儿都看不出羞怯的样子。她只是很规矩地把两手叠着放在膝上，闭着嘴坐在那里罢了。从早晨到晚

波羅得中土
皆産于茲
草麻与此

上，一直坐着。除了起来去上厕所和吃饭之外，一动也不动。

仪式完了后的宴会我也是列席的。新娘因为饭盛得满满的，显出有点为难的样子，拿起筷子来。舅父和舅母都笑起来了。据说这是仪式，该当如此，是很吉庆的。

渐渐地，酒喝得多了，有人起首唱谣曲，也有人唱歌。新郎的堂兄醉得满脸通红，终于舞蹈起来，新娘子不知道在什么时候却已退往白天坐的那房间里去了。

拿了白米来代水，给新郎从头上淋下去，表示庆祝的时节，新郎已经醉透，不大清楚了。客人有的也醉倒了，有的回去了，略略安静下来的时候，街里的青年约有十人，扮成盲乐师模样，走来庆贺。弹三弦呀，唱曲呀，舞蹈呀，又大闹了一番。

这天的晚上，我是住下了呢，还是回家去了，这件事总是记不起来了。

有一回，我跟了这做新郎的表兄，到温泉去住过一个星期。温泉场是个小村，离开城里约有日本三里光景。

我自有生以来这是第一次住在旅馆里，所以这一个星期我实在觉得非常之长，有点忍受不住了。既然没有玩耍的同伴，一天里除了一两回洗浴之外没有什么事做，无聊得很要不得。半天站在旋器铺的店头，看着陀螺以及笔筒等物一个个地旋出来，还有半天则站着看人

给牛和马洗澡。那里有牛的浴场，也有马的浴场。在总浴场里，村里的农夫以及过路的旅客都来入浴。洗浴的人各自拿着长柄浅勺，配合了歌调，舀起温泉来从头上浇下，唱着计数道：

起头来，起头来，

三来四来总是六呀，

七来八来，随后是丰姐来呀。

这样唱一遍算作十次，一总浇一百次。在唱着的中间，时时加入好些好些的文句，所以实际的数目在二百左右。勺子打着水面的声音算是打数声，很是热闹。

这在内浴场也是如此，但没有像总浴场的声音那么盛大。就是住在旅馆的人，也觉这热闹有趣，故意往总浴场那边去洗浴。

我是向来不喜欢同人家一起入浴的，所以只在外边听那声音，一回都没有进去过。在内浴场里也总是等着没有人的时候，才去洗澡。温泉非常地清，即是底板看下去也似乎闪闪地发光。手的颜色，脚的颜色，以及身体的颜色，看去全是青色的。在这样干净的温泉里洗浴，也是我有生以来的第一次。进到水里去，一直连脚尖都清楚地看得见，觉得仿佛是很奇异的事。

有一天我照例独自去洗浴，抓住了浴槽的横档在学作游泳，忽然地有人开了门，走下台阶来了。我回过头去看，乃是想不到的一个年

轻女人。她把雪白的身体略略向前屈着坐在浴槽档上，拿热汤从肩头往下淋着。她看了我的脸笑嘻嘻地说：“哥儿是六号吧。”我觉得她在什么地方仿佛有点与杂货铺的多代相像。我不懂得什么六号的意思，只好模糊地回答说：“啊。”女人仰着头洗脖子，又低着头洗后颈。过了一会儿，扑通地下到温泉里去了。女人的背脊看去也是青色的。她直竖一膝跪坐着的姿势，在水里也很清楚地看得出。

我留下那女人，自己先上来了。告诉表兄说那女人问是六号吗的这件事，表兄说：“那个是昨夜来住在十号房的，新开路的艺妓。”

黄昏的樱花，今天也已经
变作往昔了。
——小林一茶

译者案

日本旧俗，病人临终，亲属各以纸蘸水少许，滴其口中，称末期之水，或云死水。中国无此风俗，今姑以回头水称之。

定纹者，古时各家所用的纹章，用以为氏族之标识，大抵在圆中图写品物，作图案形，亦有用文字者，着于衣服器具上。今和服外褂上尚多有之，有三纹或五纹之别，分列于背心及两袖又左右胸前。

阵笠，古时兵卒所戴，形状大略与笠相似，以铜铁或皮革制成，其上涂漆。

经帷子，死者所着之衣，古

是白楓其
やつで

以白麻为之，于其上写南无阿弥陀佛等字，故名。茶袋盖头陀袋之类，以茶叶烟草钱米等纳袋中，挂死者胸前，或置于棺内。三途河云在幽冥之界，渡河须要船钱，或有于袋中放入有孔钱七文者，其后代以冥钱，即于纸上印钱形，但此已是六十年前事，今不知如何矣。

日本民间称死者为佛，死曰往生，皆出于佛教，死后有戒名，生前姓名则只云俗名，如夏目金之助戒名为文献院古道漱石居士，即其一例，唯此为释宗演所定，故尚妥适，且留存其别号，易于辨识也。

古今有弄婿之俗，亲属以水沃新郎，名为水祝。小林一茶五十岁时初婚，有句云，莫让他逃呵，被水祝的五十新郎。近时风俗改革，乃以白米代水，与水祝的名称已不相符合了。

温泉场的唱歌原系记数之用，唯有语意双关处不能传达，今只存其大意，如末句丰字训读可与十字相通，是也。

第九章

我在把这梦一般的回忆结束的时候，还需得略说二三的年中行事。

正月初一的早晨，在天色还暗时已经醒了。起来看时，神坛的灯火早已点在那里。一年中间不曾点过的神坛的灯，现在明亮地普照熏暗了的墙壁和顶棚，这就使人感觉一新。不知怎的有点飘飘然的，心里很不安定，觉得高兴得了不得。

到得大家都起来了，便由父亲起头，去坐在三宝台前喝大福茶。

類茗而
葉大粗
似皐薹

祖父还在世的时候，自然是祖父第一个先喝。父亲之后是轮到我了。说一句恭喜，在三宝台前一叩香，再喝茶。从泡沫底下，有酸汁出来。末了是梅干的皮出来了。这样算是仪式完毕，随后是暂时等着杂煮的做好来吃。

屠苏酒出来了。食桌摆起来了。桌上排列着一年只出现一回的那漆碗和粗筷子。我自己的碗是上边画着竹叶的定纹的，每年看见便想到，正是这个了，感觉很怀恋。漆碗的盖上都搁着羊齿的草叶以及小鱼蕺两个。到每个碗盖前面去张看，神坛的灯光映着黑漆，都闪闪地发着微光。

一共有三天，每天是这样的吃法。

吃过庆祝的杂煮以后，那时节，天也已放亮了，从壁橱里拿出新的布袜和木屐来，在席子上穿了试试看。似乎忽然地长高了，看家里的人都在眼下似的，仿佛觉得有点儿危险。

让大人给换穿了新衣服，往亲戚家贺年喜去。对了三宝顶礼，口说恭喜，不免有些难为情，但是因此可以得到年礼，也是一种快乐。

在石田家里，无论哪一年总是粗纸两帖。顶好的是母亲的老家，每年在喜封里装着一个银元。我在那时候觉得银元那样珍奇可喜的东西此外是再也没有的了。

游玩的伙伴聚集在一起，便拿各处所给的粗纸来打赌，玩那吉独

たらやう

乐的游戏。在削成六角的独乐即是陀螺的侧面，写有大吉，半吉，或是一枚，二枚等字样。独乐转出一枚的一面来，便赢一张。转出二枚，则赢两张。大吉全取，半吉取得一半。大家反正都是心里想着，大吉出来吧，转着独乐的。

此外又玩打针的游戏。缝针上穿着黑豆，用前齿把豆咬住，将针上的线一拉，针便乘势跳去，打在席上叠着的粗纸上面。把打在那里的针轻轻地提出，有几张纸跟着起来，这提起来的纸便归各人所得，但是打针得来的纸上有好些针孔，所以不大喜欢。打针的游戏是石田家的幸哥顶巧妙，拿出多少纸来，无论何时总是完全被他拿去。

三月里的雏人形的节日，这在我也是回想很多的日子之一。这是旧历的三月，所以桃花李花都同时开放了。有女孩子的人家，无论谁家都安置很大的雏坛，供起雏人形来。在我家里虽然没有女孩子，也请母亲把她的旧雏拿出来陈列。

在大个的内里雏以外，也还有武内宿祢等武者人形。也有已经弄脏了的吧儿狗。除了流雏之外，没有添置过什么新的，因此一直就只是这些熟识的雏人形而已，近处人家的雏，亲戚家里的雏，我一家家地挨着走去看。走到的地方都受了招待，拿了点心回来。

在有一年里玩雏的一天，我照例出去看雏人形，在石田的幸哥的家里，被他们强灌了一小杯我不爱喝的白酒，按着觉得很难过的胸口

此宗雜木中土名稱未詳
此種中土未見

回到家来，就在这晚上忽然地又是胸痛，又是呕吐，昏昏沉沉地睡倒在床了。

到了第二天虽然清醒了，还是抬不起头来。想起白酒的事情，胸口就会作恶。医生在一日里早晚来看两回，有两三天简直连粥都吃不下去，苦恼可想而知。

但是苦上加苦的，还是病后一两个月中间的吃食的限制。父亲和母亲一面尽自吃着那好吃的东西，对我总是说医生要求的，一点儿都不分给我吃。既是懊恨，又是羡慕，每到这个时节总是哭了。

本来说是爱哭的，在这时候更是容易掉泪了。为了食物的事情被训斥几句，眼泪就会出来，薄粥继续地吃了有一个月之后，好容易算是许可用饭了。

这天的夜饭，好像是初次进到人类的队里来了的样子，高兴得不得了。可是说开始吃饭了，所以非小心不可，只能得到一碗的饭。假如是这样子，那么还不如仍旧吃粥要好得多呢。但是无论哭也罢，笑也罢，母亲只肯给我一碗。

总算是好起来了，若是因此病又复发，那怎么办呢？医生说的，现在吃饭本来也还早哩。母亲深信了医生的话，不肯满足我的小小的愿望。到了第三天加添一口，第五天再加添一口，这样一点儿点儿地给我加上去，可是觉得实在等得不耐烦，便偷偷地不让母亲看见，从饭桶里抓一把来吃，又去承受了从佛前撤下供饭的差使，很巧妙地来偷吃一两口。

如石似結實如
椒長而不圓
究裂子見之
所縫近是

明知道偷是件坏事，可是偷吃的饭咕地一下从咽喉擦过的那美味，却是怎么也说不出的那么好。若是永久地老是饿着肚子，我恐怕一生成为偷饭贼也正说不定。幸而逐渐地恢复过来了，于是这件事不知道在什么时候也就忘记了。

并不只因为生病，那时候使我很痛心的也有好些琐碎的事情。原来是贫穷士族的家庭，所以万事都说节俭，把我薄弱的本性造成更是小气的性质了。必须得买酒去。又必须得买醋去。

下雪的天气，穿了旧的稻草鞋出去。稻草鞋乃是用稻草所做的长靴模样的东西，新的倒是温暖愉快，若是水浸透了的旧的，却比赤着脚走还要冷。母亲老是不给我买新的。我穿这旧鞋出去，实在觉得讨厌得了不得。

此外则是只买五厘或一分钱的醋，瓶子出奇的大。这叫作夫拉思科，黑而且大，瓶底突得很高的，是装葡萄酒什么的空瓶吧。到医生那里拿药去，也用夫拉思科瓶。说给买一个更轻一点儿，样式较好的瓶吧，也总是不肯给买。

此外又时常去买牛肉。卖牛肉的店当时在城内只有一家，这是姓片山的士族改业的买卖，在店里边常有相貌不善的秽多，光溜溜地睁着眼坐着。买牛肉去的时候，母亲总只拿出两分钱来。我去买这两分钱的东西，觉得非常地难受。在当时一斤不过值七八分钱，但是拿两

这样地活着，也是不可思议呵！花的阴里。

——小林一茶

分钱买牛肉去的，我恐怕就只有我一个人罢了。站在大的店铺前面，单拿出两分钱来，很是难为情，而且为了这两分钱特地跑了远道去买东西，也似乎是很无谓的事。我屡次对母亲要求，再给增加一分钱吧，可是母亲总是说："你不高兴去就算了罢。"全不理会。我没有法子，就只好捏了一个二钱铜元，很不愿意地走去买牛肉。

养蚕这件事，也须得算作我家的年中行事之一。在柔软的桑树嫩芽发生出来的时候，从叫作赤引呀小石丸呀的种纸上边，把尘土似的蚕秧扫到茶食盒的盖子里去。等这些渐渐地大了起来，就会变成大席子三十张那么多。这时节家里满是蚕架了，余留的空地只是厨房里的板地以及阴暗的吃饭间两处而已。大抵这是母亲一手经管，但到了忙时父亲也来帮助。

在蚕上山的两三天前，租屋里的老婆子也走来帮忙。桑叶是从种在屋后田地里的树上采取，这另外雇了人来做。蚕吃桑叶最多的时候，好像是落雨的声音充满了屋内。雨天便把桑叶连枝去砍来，吊在屋檐下。这真叫人觉得非常气闷。我在半夜里醒过来看时，总看见母亲点了烛台，在蚕架中间巡视。上山前有时还彻夜不睡。

养蚕期间，我要游玩或是理书，全是任我自由，固然很是方便，可是吃饭以至晚上睡觉也是谁也不来照管。而且在家里到处都是蚕的粪，脏得要不得。到不养蚕的人家去玩，干净宽敞，坐着也很舒服。我心想家里蚕事也早了才好，焦急地待着蚕上山的日子到来。

東方多榧樹其實味佳其木
材良不知中土産同此否
榧樹隨處皆
産木良實佳
かや

好容易茧都收摘了，架子也卸去，蚕粪扫出了之后，觉得家中忽然明亮起来，好像是来到野外，无端地想蹦跳一回看。在房间正中放着食桌吃饭，已是久违了的事情，所以很是新鲜，又高兴得了不得。

蚕茧有时候立即卖给了收茧的商人，有时候也雇了缫丝的女人来取生丝。同功茧的丝给我们做衣料，叫作什么荒丝的一种丝线曾经做了父亲的绵绸的外衣。但是有一年，蚕生了病，在将要上山的时候大部分只好弃舍了事。

到了第二年，茧价下落，很不合算。母亲生了气，说下年不再养蚕了。虽然父亲劝慰着说，也不必就那么样吧，可是母亲怎么都不听，其后就永远地废止了。以后可以不用在很脏而且局促的蚕架中间起卧度日，我私下却觉得很是喜欢。

正如母亲热心于养蚕一样，父亲在有段时期也曾努力种过园地。也种萝卜，也种南瓜。普通的菜蔬类差不多都种过。

池水在中央，周围共有五段的田地，单种这些未免面积太广，从冬天至春间大部分便多变麦田。养蚕终了的时节，正是麦秋了，叫人身体觉得懒懒的南风接连地刮上几天。

这时候收获已经完了，到天气变好，要打麦子的时候，热闹得几乎完全同农家一样。用了麦干草编作马和香螺，是在这时候学会的。

みづき

麦秋完后，五月的佳节就到了。在这佳节家里立起旗帜来。多数人家用细长的绸布制的旗，我们家里的乃是篇幅宽广的纸旗，上边是钟馗正在捉鬼的图，从城山吹下来的风刮着哗啦哗啦地响。这比别处的旗帜仿佛更有威势。鲤帜也有两丈余长，高悬着一直拖到屋顶边葡萄架上。

父亲从盔甲箱取出甲胄来陈列。颜色虽然褪了，可是绯缄是用红革条编缀铁札的。铁盔的下半面的白须，好像是插着钢针似的在闪闪发光。母亲在厨房里忙于做粽子。竹叶是我从屋后的山里去取了来的。粽子蒸得极熟，看去几乎透明的样子，这样的粽子非常好吃。

到了夏天，伊势的太神乐来了。我们少年们，就是太阳热得把头皮要烧焦了也都不管，总是跟着他跑。

太神乐是向来如此，一定在夏天里来的，在这一队里的老班长据说还是母亲做小孩的时候所认识的呢。

在大的士族家里大抵叫打一番。演技的事照例称作打。跟了走上半天，一定可以看到两三回。长的要演上半日，有时简直要花一天的工夫。

士族人家在大门内，或是院子里演技。小孩们只要不胡闹，可以自由地去看。其中重要的演技者向来习惯称作先生。就是丑角也不擦白粉，不穿红的衣服，只用绀色的手巾从头上包到下颌，同样地穿着下裳。我们家里一回都没有打过太神乐。跟了太神乐走着的时候，走

葉如椿者不同又按嶺表録樹身
柜柳葉如橘亦不相似爲可疑此
是爲奇楠樹欤否
きやらぼく
年遠之
结而成
並非
之水柳
辯也

过自家的门前，不知怎的觉得有点抬不起头来。

太神乐虽是可以尽量地看，可是此外的各种演技却极不容易见到。有一年，在招魂社的境内开演过一回角力。我想看得了不得，但是母亲无论如何总不允许。从学校回来，顺路到入场口去观望。或是沿着木板围墙走上一圈。有同我一样的不曾拿着买票钱的学校同学也在那里，他说且在后边板墙上爬一下看吧。

他看清了四周没有人，就跳上去攀住了板墙。我也学他跳了上去。同学已经把头伸出在板墙上面，看着场内。我也把两腕一缩，伸上头去。里边的看客都向着角力的土囊场站着，没有一个人看见我们的。

同学对我打个照会，跨过了板墙。我也学他跨过去时，他已经下到场内，不知道混到什么地方去了。我心想中途停止，可是同学进去了，我单独不进去，似乎有点不上算，于是溜下去到了草地上面。

进来是好好地成功了，可是很为不安，心跳得非常厉害。从人的空隙去望了望土囊场，总不能安心看着。同学走到哪里去了，完全不明白。我想要是被警察查着了，那怎么好呢，忽然着了慌，便急忙地走出了角力场。

回家来以后，觉得隐藏不说心里也很不安，就把这事一半归罪于同学，逐一告诉了母亲，母亲正坐在灶面前煮着饭，她听了我的话似

深川呵，经过了霜似的
看门的人！

——小林一茶

乎非常惊骇，用了强烈的语调斥责我的罪恶。

她说起从前有姓木村的武士的儿子，因为混进村戏场去的事情发觉了，被命令切腹，流着眼泪，一面申斥，一面说谕。她只管训斥我，连饭烧焦了也都不觉得。

我在那时候也还并不觉得怎么要紧，过了两三天之后正在外边玩耍，恰巧有那爱捣乱的豆腐店小伙计走过，对我说道："你从角力场的板墙上爬进去了吧，我是全都看见的呀。"说罢扬长而去。我大吃一惊，好像是被冷水浇了似的。

我以为不见得有人知道，不料被这样的捣乱分子看见了，说不定有什么麻烦。这时候真是彻骨地觉得后悔。当时心里不安，也没有心思去同朋友们玩耍。

后来因为顽皮胡闹，也曾经被父亲痛加训责过。在学校里，也曾经受过责罚。可是像这时候那么自己知道痛悔前非的事情却是没有了。这是我在小学校毕业的前一年的事。

随后是七夕，盆踊，一直跳过去是春年糕，后半年的行事里没有什么特别值得记述的了。

水楊

译者案

神坛，第一章里称作佛坛，即是奉祀先祖的小龛，依据神道故称神坛，佛教则云佛坛，世俗通称，亦不甚分别，唯死者大抵只称佛，死于王事者乃为神也。

三宝，或写作三方，礼器之一种，上为方形木盘，下有台，状如日本食案，而台更高，三面镶板，以白木为之，仪式时用以装供物等。

小鱼薨，原名五万米，系一种晒干的小沙丁鱼。《和汉三才图会》云，渔家海边石上或箦上摊干小鰮也，贮之耐久无脂臭，和诸物煮食亦佳，常为嘉祝之供，与鲍熨斗并用。

まだけ
苦竹中土有二種一産
閩中本粗大筍味苦一
江浙肉厚葉長濶徽
俗呼甜苦筍

粗纸，原本作鼻纸，亦称怀纸。鼻纸本云拭涕用纸，但纸质本不粗恶，亦可作他用，因无适当译语，故姑以粗纸充之，比草纸等可少误解耳。

银元，此处所说盖是半圆，日本一元银币民间未见通行，普通所用只是五十钱以下而已。

独乐即是陀螺，原来似只是对音，或云系荷兰语音译，亦未能详。中国通行陀螺二字，此处吉独乐乃是成语，故仍之。

关于雏人形，在五六年前曾因委托写过一篇《日本雏祭之说明》，今摘录于后。“中国自昔有上巳修禊之事，最有名的是兰亭之会，后来日期改为三月三日，不一定是巳日，但是这种行事在民间渐渐不大流行，只有少数风雅的人，模仿永和前例，偶或一举诗酒之会而已。日本古时风俗亦有禊祓，用纸制为偶人，以抚摩自己身体，祝诵而送诸水中，当作替身，以祓除不祥，据说后世玩具中人形一语即从此出云。这仪式在日本现时亦已不复见，却另外盛行一种雏祭，时期正是三月三日，仿佛是修禊的变相，但意味则很不相同了。雏字和训比奈，原是小鸟的意思，引申为细小可爱的事物，作为雏人形之意，《古孝子传》云老莱子弄雏于亲侧，可见中国也以雏鸟为玩具，只是不曾见有引申的意义耳。儿童持偶人为戏，日本平安朝文学中已有记录，时为西历十世纪，至江户时代初期雏祭渐已成立，初只行于贵家，迨普及民间，成为儿童节日，则在十七世纪之末矣。雏祭大抵起于儿童游戏，唯后者儿童自为主，随地随时可行，前者则家庭主之，又有一定期日，比附于旧有的三月三日，此与修禊或未必有关，但其为祝儿童成长之仪式当无疑也。现代雏祭即沿江户时代之旧，设坛自三至七段，首饰屏风，陈列雏人形男女各一，是为内里雏，次为侍从乐舞，箱笥几案，文房游艺，妆饰道具，白酒菱饼之属，或更有英雄神仙故事，其数无一定。”案雏人形古旧不堪再用，则设祭送往川中流之，是谓流雏，固是处分旧物之一法，亦尚含有行祓遗意。内里雏亦称大内雏，武内宿祢为古之名臣，属于英雄故事者。菱饼系年糕切成几何学之菱形者，白酒以糯米作饭冷却，入槽中和以甜酒，用磨研碎，酿为酒，色白浓厚味甜，饮之

辟所之符但待明示
按花形
檀
櫃葉
异

易醉。

夫拉思科，原系葡萄牙语，即长颈玻璃瓶，明治初期如此称，后渐废止，一般只称为瓶而已。

秽多，明治以前贱民之一，据云以专业屠宰及治皮革等，为一般所嫌忌，遂不齿于齐民，维新后已见解放，而民间区别之为新平民，仍不免歧视。当时良家虽已设肉铺，主人仍不亲宰割，故雇此种人任其事，此种风俗不久亦即变革矣。

赤引，小石丸，皆日本蚕种名。同功茧因二蚕共一茧，不宜缫丝，但可别绩作线用之。

段，日本普通写作反，盖由草书转讹，田地一段即日本十亩，约合中国一亩八分。

关于五月佳节，今亦引用旧作小文《五月人形之说明》于后。“五月五日为端午节，中国各地以艾与菖蒲插门窗上，或书红签粘壁云，艾叶为旗，招四时之吉庆，菖蒲作剑，斩八节之妖魔。日本古来亦有此种风俗，但是近已转变为庆祝男儿之节日，正如三月三日是女儿节一样。端午的蒲艾装饰本为辟邪之用，拟作旗剑等武器，意甚明显，在日本有所谓菖蒲刀菖蒲盔者，起源本是相同，及幕府时代，因尚武之故，乃更发达为武器之陈列。贝原益轩《日本岁时记》云，在昔儿童束菰为马，剪纸为人，揉木片为胄，削竹木为刀枪尖眉刀，以陈户外，近来风俗绮靡尚巧，人马多以木雕，或以纸脱活施五彩，悉具甲胄弓刀种种，作上阵之状，纸旗画以丹青，或有用帛者。贝原所说是二百五十年前的情形，其时陈设大抵在门外，所云旗亦是长方者，竿上有横档，设小绊以止旗。后来甲胄弓刀均列室内，称为内饰，人形亦益增多，都是史传小说上的英雄，如武内宿祢，赖光，金时，牛若，弁庆，樊哙，关羽，钟馗等，只有旗还是立在户外，是为外饰，但此亦渐变为旒，其位置也由地上而升到空中去了。旒在日本称为吹流或吹贯，吹流上作半圆，缀长条数幅，因风飘荡，故名，吹贯则是全圆，长条倍多，或连长条为一幅，画作鱼形，便成为现时所用之鲤帜，端午前后在日本到处可以望见，相传鲤鱼登

名称未考
かんくりばく

龙门，故以祝男儿将来之发达也。内饰之人形均系武人以及武具，俗称武者人形，又因时节称曰五月人形。”

神乐本为娱神之乐，以伊势神宫为最著，别有巡游民间，演技为业者，名太神乐，或云用以代神乐，太字为代之误，亦未能详。其演法今昔不同，大抵戴一狮子头为狮子舞，一人打鼓，打诨取笑，所谓丑角也。《昔昔物语》记宽文年中事，云打鼓者以乌帽子左右倒戴，时时以鼓槌投向空中，引人发笑，盖三百年前亦是如此，唯以后渐益变为粗鄙而已。

大夫本为五等官名，后世演技者亦得称此，今姑译为班长，若日本高等妓女之称大夫，则与中国之官人可以相比矣。

七月十五日为盂兰盆节，略称为盆。此时乡间跳舞唱歌，名曰盆踊。《艺苑日涉》卷七民间岁节下云：“自十五日至晦日，每夜亘索街上，悬灯笼数百，儿女袨服靓妆，为队舞踏达旦，谓之盆踊。有歌以为之节者，谓之音头，乐则有三弦细腰鼓。”案盆踊歌有甚佳者，明和八年刊有《山家鸟虫歌》二卷最有名，所收皆各地通行盆踊之歌，时当清乾隆三十六年也。

春年糕，《艺苑日涉》云：“廿日后家家舂餈，具饮馔之料，以为新年之储。岁终舂餈之声比屋相接，市肆有以舂餈为业者。”又叙元日节仪有云：“进屠苏酒，又炙食，合萝菔牛蒡芋魁昆布豆乳等为羹，谓之杂煮。”此所谓餈，即是年糕也。

民国甲申闰四月朔译毕记

雁别叫了，从今天起，我也
是漂泊者呵！
——小林一茶

译本序

《如梦记》一卷九篇，文泉子著，明治四十二年（一九〇九）日本东京出版。文泉子本名坂本四方太，生于明治六年（一八七三），大学国文科出身，追随正冈子规，为新派有名“俳人”之一，写了许多“写生文”，大正六年（一九一七）卒，年四十五岁。在明治末年日本文坛上盛行着法国自然主义的潮流，子规等新派俳人是俳句的革新家，可是也感受着时代思潮，成为他们提倡写生的一种机缘。所谓写生即是主张写实，不像旧式诗人那么公式地说假话，却要实地去看去听，把所感到的事物写下去，这像有真实的生命。写生，是新派俳句的新的手法，可是也可用于散文，这就叫写生文，它可以独立，于练习俳句上也很有益。所以他们的杂志虽是讲俳句的，也登载好些写生文，这《如梦记》便是在里边登过，再印行单行本的。古来日本俳人多兼擅文章，松尾芭蕉即是最好的例，那时这一派里正冈子规以下，夏目漱石，高滨卢子，坂本文泉，长冢节都写许多散文，夏目的《我是猫》，高滨的《俳谐师》，长冢的《土》乃是有名的小说，坂本的这一卷《如梦记》虽然不是正式的小说，但是用写生文来记述他童年的回忆，也正是文学上所有的一种式样，同样值得加以赏玩。书中所记大概是十岁以前的事，在明治维新初期，新旧事物混杂在一起，或者与中国的民国前后有点相似，有许多奇妙的事情值得记载，这里就只觉得太简少一些，有点可惜，但是这也是难怪的。写生文虽说是重在写实，但它到底还被俳句影响所牵掣，他们最忌“词费”，不肯长篇大幅地去描写，所以简短是当然的事。后来夏目的学生中勘助著有《银茶匙》，上下两卷，叙写从幼小时直至中学时代，更为精细，虽不是写生文派，却可以说是大部的《如梦记》，此外就不见其比了。坂本的这本小册子很少见，在出版的次年偶然在东京冷僻的小书店里得到了一册。

本书题名在著者自序中译作《梦一般》，比较近于白话，但是原名 Yume no gotoshi，是文言口气的，直译应是《如梦》，现在便保存它这个原意，只是加上一个记字，说起来较为顺口，自序中亦均改正，以免歧出，虽然在那边如说《梦一般》似乎要好一点。

一茶的诗

一

日本的俳句，原是不可译的诗，一茶的俳句却尤为不可译。俳句是一种十七音的短诗，描写情景，以暗示为主，所以简洁含蓄，意在言外，若经翻译直说，便不免将它主要的特色有所毁损了。一茶的句子，更是特别：他因为特殊景况的关系，造成一种乖张而且慈悲的性格；他的诗脱离了松尾芭蕉的闲寂的禅味，几乎又回到松永贞德的诙谐与洒脱（Share 即文字的游戏）去了。但在根本上却有一个异点：便是他的俳谐是人情的，他的冷笑里含着热泪，他的对于强大的反抗与对于弱小的

つるむめもどき

同情，都是出于一本的。他不像芭蕉派的闲寂，然而贞德派的诙谐里面也没有他的情热。一茶在日本的俳句诗人中，几乎是空前而且绝后，所以有人称他作俳句界的慧星，忽然而来，又忽然而去，望不见他的踪影了。我们要译这一个奇人的诗，当然是极难而近于不可能的。但为绍介这诗人起见，所以不惜冒了困难与失败，姑且试一回；倘因了原诗的本质的美，能够保存几分趣味，便是我最大的愿望了。

一茶（Issa）姓小林，名弥太郎，日本信州柏原驿人，本是农家子。三岁的时候，他的母亲死了，他便跟着祖母过活。他的俳文集《俺的春天》（Oraga Haru）里，有这一节文章：

被小孩子歌唱说，"没有母亲的小孩，随处可以看出来：衔着指头，站在大门口！"我觉得非常胆怯，不大去和人们接近，只是躲在后面园地里垒着的柴草堆下，过那长的日子。虽然是自己的事情，也觉得很是可哀。

（一）和我来游戏罢，没有母亲的雀儿！（六岁时作）

后来继母来了！这时一茶正八岁。当初感情还好，过了两年，他的异母弟专六生了以后，待遇便大不如前了。他的笔记断片里说：

春天去后，帮助耕作，昼间终日摘菜刈草，或是牵马，夜间也终宵借了窗下的月光，编草鞋和马的足套，更没有用功的余暇。

他的诗中有许多咏继子的句，今举其一。

ありたぶ

（二）继子呵，乘凉时候的执事是敲稻草。

十四岁时，祖母去世，一茶更没有保护了；他的父亲看不过去，但也没有办法，只得叫他往江户去寻机会，放他一条生路。十年之后，他成了一个芭蕉宗的葛饰派的俳人，出现于世。但是他的才气，不是什么宗派可以拘束得住的，所以过了五年，他又脱离师门，改称俳谐寺一茶，从此自在游行，他的特色得以发挥出来了。他的父亲病重，一茶急忙回去，在外已经有十五年。父亲死后，遗嘱将一所住屋，几亩田地，给两个儿子平分，但是继母和专六不肯照办，一茶于是再到江户，过那漂流的生活。以后回去一次，又被继母等所拒，他愤然的连草鞋的带都不曾解，又上京来。他的句集里有这两句诗，可以知道他的心情。

（三）故乡啊，触着碰着都是荆棘的花。

（四）在故乡连苍蝇也都螫人呵！

一茶为了析产的事，第三次回乡去，当初继母等仍然不理，他说要去控告了，这才解决了结，他的父亲这时已经死了十二年，他自己也五十岁了。一茶虽然先前对于故乡说了多少恶口，但住下以后，却又生出爱着（恋）来。

川產者道地
形頗合

（五）春风呵，虽然草长得深，还是故乡呵！

（六）嚄，这是我终老的住家么？——雪五尺！

一茶定居之后，这才结婚。他的《七番日记》里说：

“四月十一日晴，妻来。”

“十三日雨，大家来贺喜。收百六文。”

百六文当是贺礼的钱数；贺喜照俗礼便是水祝，新婚后，亲友共携酒食来会，以水沃新郎，因有此称。诗云：

（七）莫让他逃阿，被水祝的五十的新郎。

妻名菊女，共居八年，生四男一女，皆早夭。菊女死后，续娶武家之女，名雪女，嫌一茶穷老，居二月余即离婚。次娶八百女，三年而一茶卒，遗腹生一女，一茶的血统得以继续至今。一茶天性爱怜弱小，对于自己的儿女，自然爱着更深了，但不幸都早夭折；我们读他俳文集与句集，交互的见到他对于儿女的真挚的爱抚与哀恸，不禁为之释卷叹息。他真是不幸的“子烦恼”的诗人！

こしあぶら

（八）在去年五月所生的女儿的面前，放了一人份的杂煮[1]的膳台。文政二年正月一日。

笑罢爬罢，二岁了呵，从今朝为始！

（九）一面哺乳，数着跳蚤的痕迹。

（十）原题祝小儿的前途

可喜呀，吊钟似的[2]新穿的袷衣。

（十一）她遂于六月二十一日与蕣花同谢。母亲抱着死儿的面庞，荷荷的大哭，这也是当然了。虽然明知道到了此刻，逝水不归，落花不再返枝，但无论怎么达观，终于难以断念的，这正是恩爱的羁绊。句云：

露水的世，虽然是露水的世，虽然是如此。

① 杂煮是年糕和紫菜等同煮，元旦所吃的食物。

② Tentsuruten 系俗语，形容衣服短貌，惜无适当的译语，这句实在是一茶特有的好句，运用俗语，意带诙谐，而爱怜小儿之意也很明了。原意说祝小儿长大，新穿袷衣也觉得很短，是极可喜的事，译句却十分枯窘了。

胡颓子
俗名野樱花

此节见《俺的春天》内，现在录其一段。上文所说小儿，皆指一茶的女儿聪女。一茶是净土宗的信徒，但他仍是不能忘情，“露水的世”一句，真是从他心底里出来，令人感动的杰作。下一句也见于《俺的春天》中。

（十二）原题聪女三十五日墓参

秋风呵，撕剩的红花，拿来作供。[①]

菊女死后，留下两岁的孤儿金三郎，寄养在邻村的农家，却将水当乳给他喝，半年之后，随即死了。一茶的集里，有这几句，为他们作纪念。

（十三）原题亡妻新盆[②]

遗爱[③]之儿呵，“母亲来了！”拍他的手。

（十四）瞿麦呵，地藏菩萨的前前后后。[④]

---

① 末四字原本所无，因意思不足，所以添上了。

② 盂兰盆之略，即中元，旧俗以是日迎鬼设祭，所以小儿说“母亲来了”，拍手礼拜，与中国拜法略异。

③ Katami（形见）是人死后，留给生人作纪念之物。又临别贻留，亦称形见。此处是第一义。

④ 这是悼金三郎之句，地藏菩萨依《本愿经》说，救苦拔罪，有不可思议愿力，日本多刻石置冢墓间，为亡人资冥福，中国此风已替，只将他当作地神了。

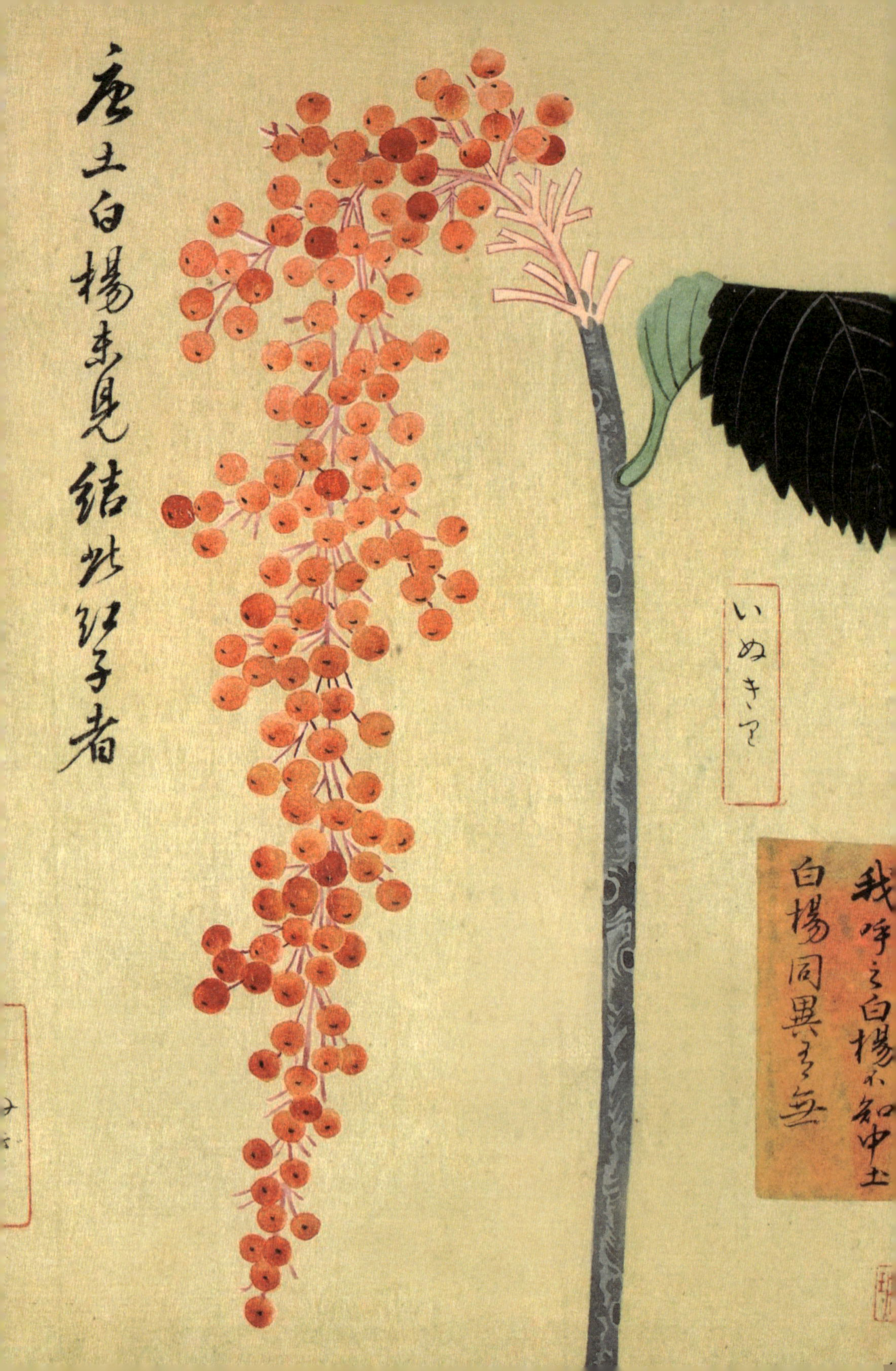

唐土白楊未見結此紅子者
いぬきり
我呼之白楊不知中土
白楊同異否無

（十五）妻死了，又为子所弃，还没有工夫消散悲叹之情，岁又暮了。这真是婆娑的事情的烦腻呵！

作弥陀佛的土仪，又拾了一岁！

一茶于是也老了，他的住屋又遭火灾。只剩下一间土藏，他便在这里面卧起。过了半年，舍弃此世，到安养世界去了，年六十五（1763—1827A.D.）。

二

以下所述，是日本沼波琼音的一篇文章，原载在《俳谐寺一茶》的附录里。我因为他说一茶的特色，颇为简明，便也译出。虽然间有增添的处所，但都别作一节，不与原文相杂，起首又用一案字，一见可以了然。

一茶作诗的时候，并不想着要作好句，而且也并不想着作句，却只是謦欬悉是俳谐罢了。他的最随便的，说出便算的句子，从他的"发句账"上看来，也经过非常的推敲，好像是讲技巧，但这实在只是苦心计划怎么能够表现自己的所感，并不见什么藻饰的地方。矢野龙溪说，文章之上乘者，是"以金刚宝石为内容，以无色透明的水晶纸包之"。一茶的诗便是这样，在句与想之间没有一点阻隔，仿佛能够完全透明

未經考訂
姑闕其名

的看见一茶这个人的衷心了。在我的意见，像一茶那样多作的人，再也没有罢。读这许多俳句和他的日记，觉得他浑身都透视了。

一茶将动物植物，此外的无生物，森罗万象，都当作自己的朋友。但又不是平常的所谓以风月为友，他是以万物为人，一切都是亲友的意思。他以森罗万象为友，一切以人类待遇他们。他并不见有一毫假托。似乎实在是这样的信念。

（十六）初出现的萤火，为甚回转了呢？这是俺呢！

（十七）足下也进江户去的么？杜鹃呵！

（十八）萍花开了守候着，草庵的前面。

（十九）闲古鸟[1]叫了，说不要从马上掉了下来！

（二十）我和你是前世的中表兄弟么？闲古鸟！

---

① 鹏鸪之类。

係中土名未詳
名未考

（二十一）明月呵，今天你也是贵忙！

（二十二）早晴的时候，毕毕剥剥的炭的高兴呵！

他将木炭等类都当人看。其余跳蚤蚱蜢等小虫，也当真的认作自己的朋友，咏到诗里去。

一茶对于昆虫类，也倾注热烈的同情。

（二十三）不要打哪，苍蝇搓他的手，搓他的脚呢！

（二十四）跳蚤们，可不觉得夜长么？岑寂么？

案，这一类的佳句甚多，现在增录几首。

（二十五）小雀儿，回避罢，回避罢！马来了呵！

（二十六）女儿看呵，正在被卖身去的萤火！[1]

① 日本夏天有卖萤者，富人得之放庭园中，或盛以纱囊悬室内，以为娱乐。

（二十七）题六道图之一，——地狱

黄昏的月，——锅子里啼着的田螺。

（二十八）鱼儿们呵，也不知是桶里，门口的纳凉。

（二十九）春雨来了，吃剩的鸭呷呷的叫着。

（三十）捉到一个虱子，掐死他固然可怜要弃在门外，任他绝食，也觉得不忍；忽然的想到我佛从前给与鬼子母的东西。[①]

虱子呵，放在和我的味道一样的石榴上爬着。

在他的句集里，咏跳蚤的句子很多，而且并不嫌憎它们。他诗里说冬天还有跳蚤出来，他的住家的景况，就很可以想见了。在许多句子里，仿佛他是和跳蚤一同游嬉着似的。

（三十一）要转侧了呵，你回避罢，蛼蜢！

---

① 日本传说，佛降伏鬼子母神，给与石榴实食之，以代人肉，因榴实味酸甜似人肉云，据《鬼子母经》说，她后来成了生育之神，然则这石榴大约只是多子的象征罢了。

木天蓼中赤
崖但与此迥别

（三十二）蜗牛，——破坏了墙壁，给他游嬉。

后一句所说，与良宽上人因为竹从座席下生长出来，便即破坏地板，除去屋瓦，以免妨碍它的发育自由，正是同一趣向。在《七番日记》里，又写着这样的事。有一天暴雨之后，一茶在乡间泥泞的狭路上行走，对面有三四匹马背了稻走来。领头的一匹，便即避道，走下泥泞里去。后面的马也跟着走去。这时一茶自己只拿着一个头陀袋，马却背着重荷，叫它们让路，实在非常抱歉；马的心里想必以为这是强横的人罢；"觉得太可怜了，立在堤上，暂时目送其去，"在日记上记着。马是畜生，人是万物之灵，这种思想，在一茶是没有的。

一茶将自然看得与自己极近。譬如写天地，中间并没有阻隔的东西，好像是写房内情景的模样，看得非常相近。如说将自然看得狭，未免很有语病，或者不如说亲密的看自然，较为适当。

（三十三）云散了，光滑滑的月夜呵！

（三十四）剖苇呵，天空角落的筑波山！

（三十五）在红的树叶上，摊着的寒气呵！

他将月夜看作和尚的头一般，筑波山仿佛是放在墙角，寒气说得似乎是晒着的棉被；但是诗趣一样的明白的现出。

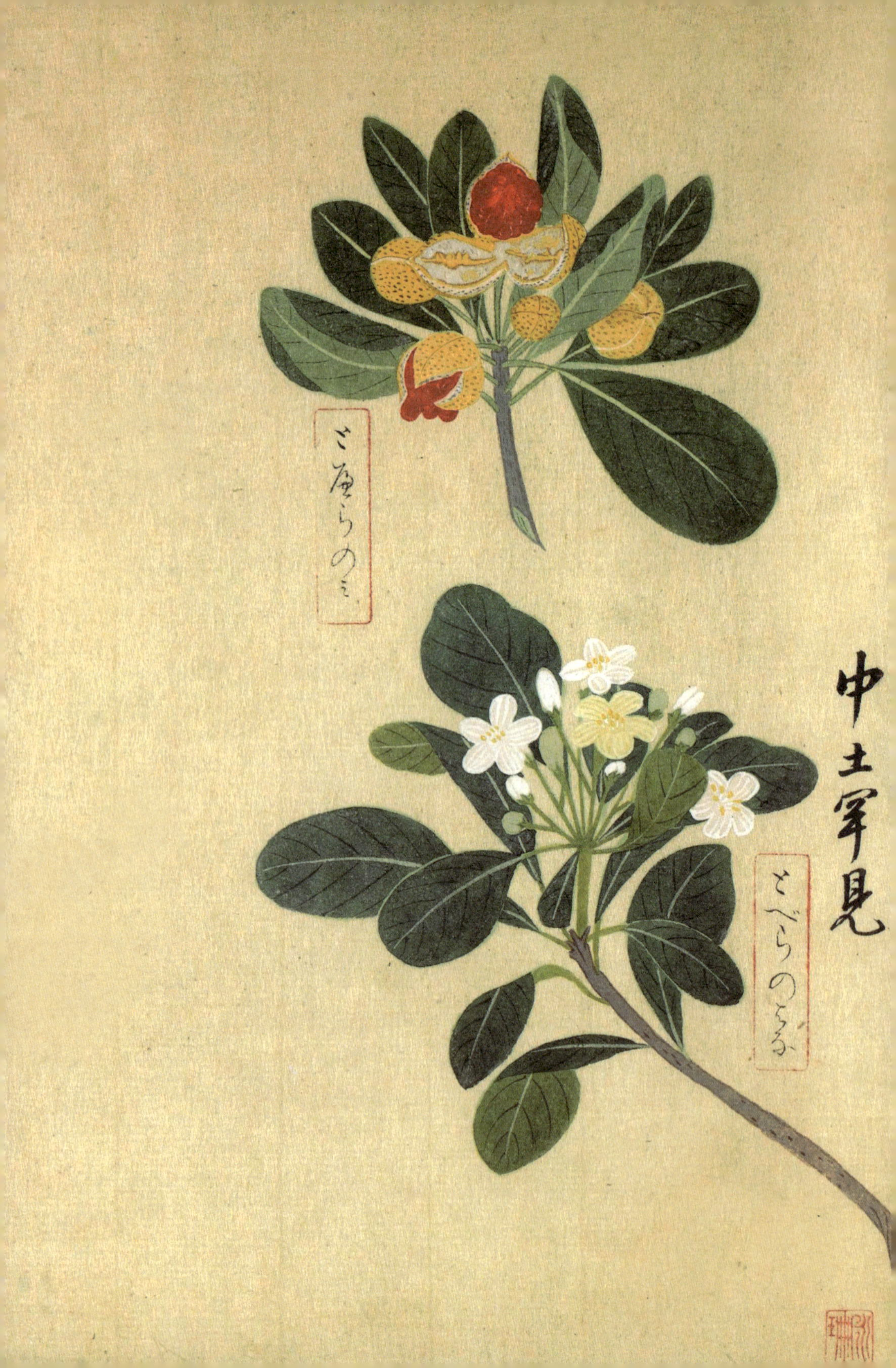
中土罕見

一茶所作，颇多恬淡洒脱的句，但其中含有现今的所谓“生之悲哀”。读他的时候，引起的感觉，与读普通厌世的文章的时候不同。

（三十六）黄昏的樱花，今天也已经变作往昔了。

（三十七）这样的活着，也是不可思议呵！花的阴里。

一茶的欲望很小。仿佛秋雨时候，只望什么人送牡丹饼来，就满足了。晚年他在烧剩的土藏里过日子。被人欺侮，财产都夺了去，他虽然也愤慨，但是随即忘怀了。

我的朋友有一个河野理学士，是颇妙的人，有一回同乘电车，他玩笑的说，有美的女人坐着就好，但是上去看时，车中都是汗秽的工人和老人，接连的坐着。河野君皱了眉说，“这电车是灰色的。”但在灰色里，也有它的趣味。这灰色的趣味，在一茶诗里，很是分明。

（三十八）萍花的来呀来呀的[1]老头儿的茶摊。

（三十九）老婆婆喝酒去的月夜呵！

① 此言萍花因风动摇，如人招手，为老人招客。

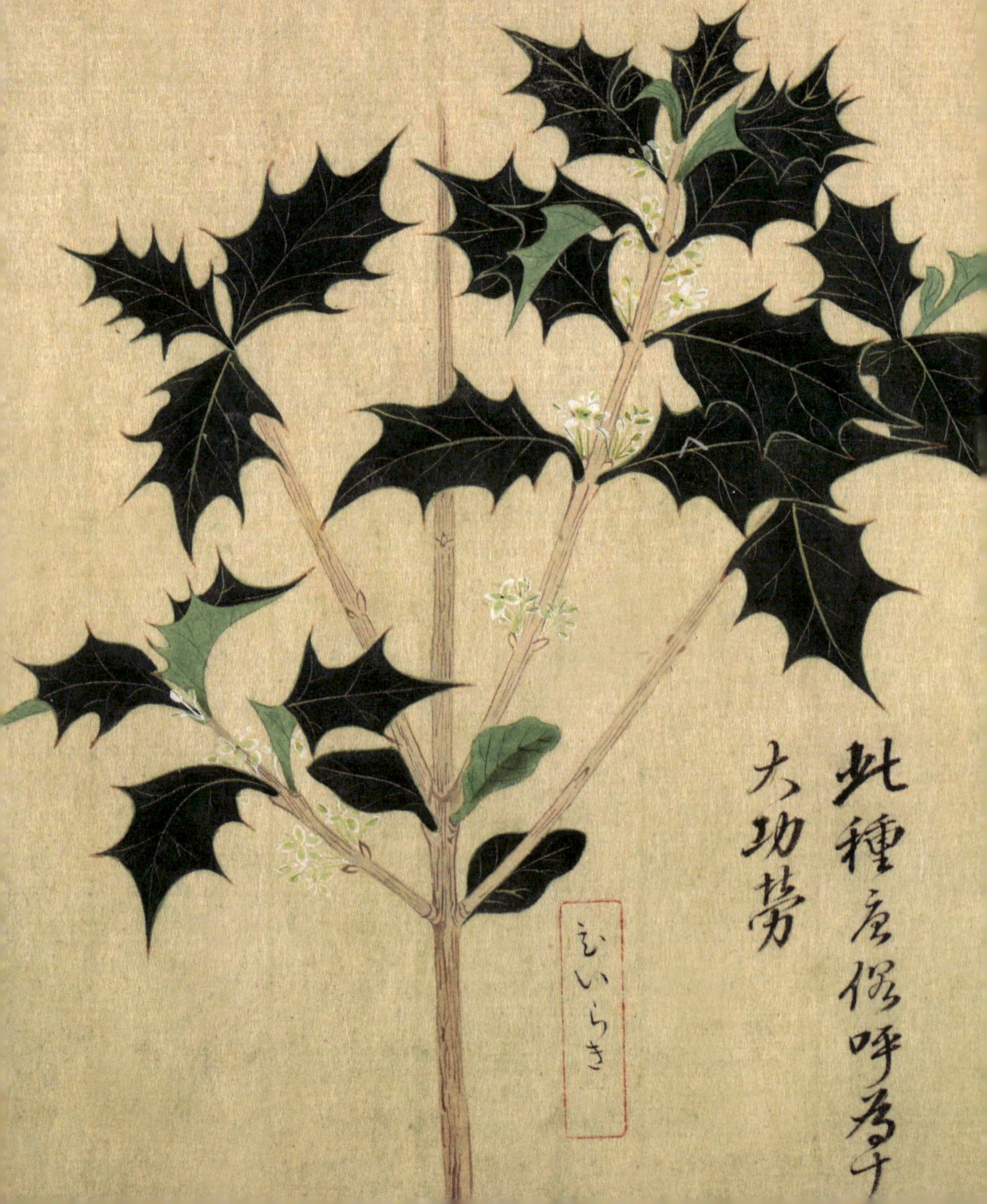
此種唐俗呼爲十
大功勞
ひいらぎ

（四十）砰（石訇）哗喇的[1]，知道是老婆子的砧声。

（四十一）深川呵，经过了霜似的看门的人！

这样的句子，与蕉风（即芭蕉派）的所谓寂，又迥乎不同。如萍花这一句，差不多将一茶的心，画一般的描出来了。

案，下列几首，也是同类趣味的诗：

（四十二）原题堂前乞食

给一文钱，打一下钲的寒冷呵！

（四十三）原题桥上乞食

将母亲当作除霜的屏风，睡着的孩子！

（四十四）沙弥尼，已将鬼灯[2]种下了等着。

① Dotabata 形容胡乱敲击的响声，东京俗语。

② 鬼灯即酸浆，妇女子取其实，将核挤去但剩空壳，纳口中以齿微啮，令空气出入作声，用作玩具。

是也
きさむご

（四十五）原题商万钱日有苦，商一钱日有乐

吹着笛子，大除夕的饧糖的鸟。[1]

（四十六）原题住吉[2]

唐人[3]也看呵，插秧的笛子和大鼓！

（四十七）原题粒粒皆辛苦

是罪过呵，午睡了听着的插秧歌！

（四十八）恭喜也是中通的罢了，俺的春天。

一茶对于遇见老或贫穷或不幸的事，非常的慨叹，但一面也有以为有趣的态度。遇了火灾，只剩下一间土藏，当作住宅，在这悲苦的时期，他还这样说：

（四十九）火烧场呵，跳蚤们哄哄的喧扰着。

---

① 此言卖饧者吹笛游行，虽除夕犹自怡然。
② 地名
③ 唐人为中国人之古称。

在《七番日记》里，很叹息齿牙脱落，但他做这样的狂歌：

牙齿脱了，皈依你时也是阿无阿弥陀，

阿无阿弥陀佛，阿无阿弥陀佛呀！[1]

一茶的诗，叙景叙情各方面都有，庄严的句，滑稽的句，这样那样，差不多是千变万化，但在这许多诗的无论哪一句里，即使说着阳气的事，底里也含着深的悲哀。这个潜伏的悲哀，很可玩味。如不能感到这个，便不能说真已赏识了一茶的诗的真味。

将一茶的句，单看作滑稽飘逸的人，是不曾知道一茶的人。

① 狂歌即诙谐的短歌，专以双关巧合取胜，此歌意不甚了，仿佛是说齿缺则南无只能念作阿无。

图书在版编目（CIP）数据

露水的世 / (日) 文泉子, (日) 小林一茶著 ; 周作人译. -- 天津 : 百花文艺出版社, 2019.6
ISBN 978-7-5306-7731-5

Ⅰ. ①露… Ⅱ. ①文… ②小… ③周… Ⅲ. ①散文集－日本－现代 Ⅳ. ①I313.65

中国版本图书馆CIP数据核字（2019）第094953号

露水的世
LUSHUI DE SHI
[日] 文泉子 [日] 小林一茶著 周作人译

责任编辑：孙 艳
特约编辑：刘文文
装帧设计：吉冈雄太郎
出版发行：百花文艺出版社
地　　址：天津市和平区西康路35号　　邮编：300051
电话传真：+86-22-23332651（发行部）
+86-22-23332656（总编室）
+86-22-23332478（邮购部）
主　　页：http://www.baihuawenyi.com
印　　刷：北京盛通印刷股份有限公司
开　　本：787×1092毫米　1/16
字　　数：120千字
印　　张：15
版　　次：2019年6月第1版
印　　次：2019年6月第1版第1次印刷
定　　价：69.80元

如有印装质量问题，请与北京盛通印刷股份有限公司联系调换
地址：北京经济技术开发区经海三路18号
电话：18515895236　邮编：100176